A OCHO METROS DEL LEÑADOR
A CINCO MINUTOS DEL GUARDABOSQUES

A ocho metros del leñador

CAPÍTULO 1

E^{VIE}

No podía creerlo, pero ahí estaba, finalmente. Por una vez, cumplía con mi propia palabra. Pasado el mediodía llegué a las montañas de Shernoid, con el ordenador portátil bajo el brazo, o más bien en el asiento vacío del copiloto en el coche que había alquilado para salir de la ciudad, dispuesta a terminar de una vez aquella novela que se me resistía.

Bajé del coche y eché un vistazo a mi alrededor, antes de respirar hondo y llenarme de oxígeno. La noche anterior había salido a cenar con Laurie y su hermana Eileen, dos de mis mejores amigas. No les hacía demasiada gracia mi plan de retirarme a una cabaña perdida durante una semana para concentrarme en la escritura.

—Una escritora de novelas de suspense, sola, de noche, en medio del bosque...—dijo Eileen, desaprobando mi decisión y apurando de un trago su segundo Martini —. No. No lo veo.

—Podríamos haberte acompañado perfectamente. Tal vez no haya cobertura allí, Evie. Shernoid está muy perdido —añadió Laurie.

Agradecía su preocupación, pero al mismo tiempo consideraba que estaban exagerando.

—Bueno, es justo lo que busco, estar un poco aislada y concentrarme a fondo. No estaré completamente sola, además. Me han dicho que cerca de la cabaña vive un leñador. De hecho es él quien ha de darme la llave. Así me lo ha indicado el dueño de la casa que...

Laurie empezó a hiperventilar.

—Cada detalle que añades a la historia es aún más inquietante. ¿Un leñador ermitaño? ¿Hacha o motosierra, Evie? Cuéntanos más.

Cogió una corteza y la trituró con sus dientecitos. Me reí.

—Sois unas exageradas, en serio. Y no, no puedo llevaros conmigo, porque, primero: tenéis que trabajar, y segundo, ¡yo también! Voy a estar escribiendo todo el tiempo, os lo recuerdo. No voy a pasarme el día haciendo senderismo y tomando el sol.

—Un leñador —murmuró Eileen, mirando hacia el infinito—. Me lo imagino guapo, barbudo y sudoroso. Podrás ver como parte leña desde tu ventana mientras escribes. ¿Dónde piensas enchufar el ordenador, por cierto? ¿O escribes en una libreta?

A veces me entraban ganas de estrangularlas, si no fuera por todo lo que me hacían reír con sus historias para no dormir. No entendían que necesitase salir de la ciudad de vez en cuando, pero aún menos que lo hiciese sola, con la excusa de terminar mi manuscrito.

—Con mi suerte, será un ogro de las montañas —contesté—. Y por cierto, hay un generador eléctrico. No voy a tener que escribir con una pluma a la luz de las velas.

—Deja que lo dude, Evie. A lo mejor te llevas una sorpresa.

—¿No me crees?

—Me refiero al leñador sudoroso.

—¡No os aguanto! Cambiemos de tema, por favor. Y espero que en esta semana de ausencia acumuléis una buena cantidad de cotilleos para informarme a mi vuelta.

Sinceramente, me daban igual todas aquellas especulaciones. Lo único que me faltaba es distraerme durante mi retiro. Hacía ya seis meses de la publicación de mi primera novela, *Tras la cortina*, cuyas ventas habían ido sorprendentemente bien. Tan bien que estaba planteándome en serio la posibilidad de dejar mi trabajo durante al menos un año para concentrarme en las siguientes entregas de mi serie de misterio. Pero para ello necesitaba darle un empujón a la segunda entrega y cruzar los dedos para que gustase tanto como la primera.

Y el primer paso era exactamente ese: escribir los últimos diez capítulos de la historia sin ninguna distracción. Por eso pensé que una cabaña tranquila y bonita junto a los bosques de Shernoid sería mi mejor opción para redactarlos del tirón.

No contaba, por supuesto, con la que iba a ser la mejor distracción de mi vida. La presencia turbadora, a solo ocho metros de mi cabaña, de Connor Oleson.

El leñador.

CONNOR

Había recibido la llamada de Levy Ashcroft hacía solo dos días. Me informaba de que la cabaña de al lado esperaba a una huésped y que se quedaría una semana entera. Colgué el teléfono, fastidiado. No me gustaba tener compañía, y esa casa estaba demasiado cerca de la mía. Por suerte Ashcroft, el dueño de las dos, no la alquilaba tan a menudo como él quería; y cuando alguien la ocupaba no solía estar más de tres días.

No me quejé, por supuesto. Por el precio absurdo que pagaba por la mía no tenía ningún sentido poner pegas. Hacía ya casi un año que me había marchado a vivir a los bosques de Shernoid y la idea de quedarme ahí hasta el fin de mis días me resultaba cada vez más atractiva y coherente. No era capaz de reconocerlo en voz alta, pero para mí había resultado curativo estar totalmente solo después de pasar por un divorcio algo traumático. Ya me había olvidado casi por completo de Sherry, mi ex; pero empezaba a encontrarme demasiado cómodo rodeado únicamente de árboles. Lo cual no quería decir que no echase de menos la compañía femenina puntualmente. Pero por el momento, ese tema era algo de lo que no quería preocuparme.

Mi vida en Shernoid era simple: cortaba leña por las mañanas. Por la tarde atendía a quienes venían a comprarla, casi todos habitantes del condado. Me negaba a trabajar a tiempo completo para alguna de las empresas madereras de la zona; tenía un buen dinero ahorrado y de momento no necesitaba comprometerme a tiempo completo con nadie. De hecho, estaba pensando en dejar pronto la cabaña de Ashcroft y construir la mía propia. Ya estaba visitando algunos terrenos montaña arriba, no demasiado lejos de allí.

Así no tendría que ocuparme de aquellos visitantes esporádicos.

Ese era el acuerdo con Ashcroft. Me rebajaba cien dólares del alquiler si me encargaba de algo tan simple como adecentar la cabaña para domingueros de vez en cuando y recibirlos cuando apareciesen por allí.

Solían ser familias o grupos de jóvenes que traían el maletero cargado de cervezas. Estos eran los más molestos. Desde luego, jamás hubiese esperado a alguien como Evie Farnsworth. *Es una escritora que tiene que terminar su libro y ha elegido nuestros bosques para trabajar tranquila; así que no te molestará en absoluto, Oleson*; me había dicho el propietario, consciente de mi mal humor.

En ese momento me callé y aplaqué el mosqueo. ¿Una escritora? Interesante.

La verdad es que esperaba recibir a una señora de mediana edad con gafas envuelta en una rebeca de lana. Cuando vi a Evie bajarse del coche me quedé de piedra: alta, morena y con curvas contundentes. Parecía un poco más joven que yo, incluso. Desde luego, ante mí apareció un problema de los que se convierten en una seria tentación. De esos que al principio intentas esquivar pero luego te empeñas en resolver.

Evie no había puesto aún un pie fuera del Toyota que conducía y lo primero que pensé era que tenía exactamente una semana para conquistarla. Solo había un pequeño problema: ella estaba allí exclusivamente para terminar su libro.

Y Ashcroft había sido bastante claro al respecto: *No quiere distracciones. Ni te vas a enterar de que está allí.*

CAPÍTULO 2

EVIE

Me costó hasta tragar saliva cuando lo vi. ¿Sabes ese momento en que quieres que se abra un agujero bajo tus pies y que la tierra te devore? Así me sentí. Y fue porque yo misma fui tan consciente del calor en mis mejillas que pensé que era imposible que él no se hubiese dado cuenta, en ese preciso instante, de lo mucho que me había gustado.

Me puse las gafas de sol enseguida, temiendo que incluso mis pupilas se hubieran dilatado al verlo.

—Tú debes de ser Evie —me dijo, extendiendo su mano para estrechar la mía.

Me sonrió, de entrada no era el tipo huraño que esperaba. El propietario de la cabaña me había dicho que el leñador era *"rarito"*. Y luego había añadido: *"En general le gusta estar solo. Pero es un buen tipo, te ayudará con cualquier cosa que necesites"*. Me esperaba un señor con una barba larga y una tripa cervecera, pero no aquel tipo de casi dos metros, con el torso esculpido en la forja de los dioses y un pelo rubio y rebelde que le caía sobre los ojos.

No sé cómo son los leñadores en la vida real, pero desde luego mis ideas preconcebidas no encajaban con lo que tenía delante.

—Te acompañaré a la cabaña —me dijo, sin esperar a que le confirmase mi identidad.

—¿Tú eres...el leñador?

—¿Así me llama Ashcroft? ¿Qué te ha contado sobre mí?

—Oh, no demasiado. Solo que me ayudarías con cualquier cosa que necesitase y que...

El guapo leñador —yo sabía su nombre, pero él aún no se había dignado a presentarse— emitió un suave gruñido en señal de protesta.

—Me conformo con que te mantengas alejada de los jabalíes.

—¿Qué? ¿Hay jabalíes? ¿Sueltos?

Soltó una carcajada. Llegamos al porche de madera de la cabaña. Introdujo la llave en la cerradura.

—Mis maletas están en el coche y...

—Genial. Aquí tienes la llave.

La puso en mis manos y bajó de nuevo las escaleras. ¿Por qué era tan sumamente borde de repente? ¿Había dicho algo que no debía? Tal vez lo de las maletas había sonado a que pretendía que las descargara él del maletero?

—Yo no trabajo aquí, Evie. Mi trabajo es otro. Solo seremos vecinos durante el resto de la semana. Este es un pequeño favor que le hago a Ashcroft y no por mucho tiempo, pues mi intención es perderme aún más en la montaña.

—Entendido. ¿Decías en serio lo de los jabalíes?

—Por supuesto que va en serio. Por eso es importante que no dejes nada de comida en el porche. En la mesa de la cocina encontrarás todas las instrucciones sobre el generador eléctrico.

—Pero si necesito algo puedo...

Dio un paso de nuevo hacia la cabaña. Yo siempre había tenido unas curvas contundentes, pero a su lado me sentía la mujer más menuda del mundo. Estaba subida al segundo escalón y sus ojos quedaban a la altura de los míos. Me dio la sensación, en ese instante, de que el leñador estaba levantando entre nosotros una coraza improvisada y del todo innecesaria.

—Tengo entendido que eres escritora y que necesitas tranquilidad para trabajar en tu libro. Para concentrarte.

Me sorprendió que tuviese tanta información. Menudo cotilla, el tal Ashcroft. Le había contado a su inquilino las cuatro cosas que yo, por pura amabilidad, le había dicho durante nuestra breve charla telefónica.

—Sí, exacto. Es una novela sobre....

—No te entretendré más, entonces. Te dejo para que te pongas cómoda y te instales.

Se dio la vuelta y me dejó plantada con las llaves en la mano, sin decirme su nombre y sin tranquilizarme respecto a aquel asunto de los jabalíes. Menudo borde. Todo apuntaba a que aquella sonrisa inicial había sido un simple espejismo. Qué lástima que fuera tan atractivo. *Tranquilo, no te molestaré*, pensé. *No me vas a ver el pelo en toda la semana, guapo.*

CONNOR

En cuanto recorrí los ocho metros que separaban nuestras respectivas cabañas y cerré la puerta me maldije por haber sido tan idiota. Ni siquiera me había presentado correctamente. Pero tal vez era mejor así. Conocía muy bien la sensación que me había recorrido el cuerpo en cuanto la vi bajar del coche, con sus mejillas enrojecidas y colocándose al instante las gafas de sol. Aquella mujer era de las que dejan huella. Y, si en un primer momento había agradecido mi suerte en silencio, al siguiente me di cuenta de que aquel deseo que ya anidaba en mí era una locura.

Una semana. Ese era el tiempo que pretendía quedarse en la cabaña, si es que aguantaba tantos días. Después se marcharía a la ciudad y se olvidaría por completo de este rincón del planeta. ¿Qué sentido tiene intentar aplacar esa atracción que sentía si no iba a poder retenerla a mi lado?

Porque esa era la idea que ya se había instalado en mi cabeza. Si no hay ninguna posibilidad de que una mujer me acompañe en mi retiro en las montañas no me podía ni siquiera pensar en un acercamiento. Era demasiado arriesgado para mí. Y en los últimos años, después de mi divorcio, me había cuidado muy mucho de no volver a enamorarme. Al menos no de la persona equivocada.

Me estiré en el sofá. Delante tenía una estantería, con una modesta biblioteca. Cuando iba a la ciudad visitaba una librería de segunda mano y muchos de los lugareños que compraban mi leña me traían novelas viejas. La mayoría, incluso, ya sabía de mis gustos. Me encantaban las historias policiacas y de misterio.

Mi mente vagó de nuevo hacia Evie. ¿Qué tipo de escritora sería? Me levanté de un salto y recorrí con el dedo los lomos de los libros en la estantería. ¿No tendría alguno de sus libros, por casualidad? Ni siquiera le había preguntado por su trabajo. ¿Qué escribía exactamente? *Qué idiota eres, Oleson. La soledad empieza a afectarte. Debe haber pensado que eres un ermitaño intratable.*

Me acerqué a la ventana. Desde allí podía ver la cabaña vecina, pero ni rastro de la recién llegada. De repente echaba de menos su infecciosa sonrisa; la misma que yo había borrado con mis repentinos malos humos.

Pensé en lo poco apropiado que era el vestido que llevaba en nuestro entorno y me hizo gracia. No porque no le quedase perfecto; sino porque era la primera ocupante de aquella cabaña que se vestía como si siguiese en la ciudad.

No había podido evitar mirarla de arriba a abajo y seguro que ella se había dado cuenta. Un vestido blanco, vaporoso y que no escatimaba un generoso escote. Ese era el problema. Mi bendito problema. Y mi gran contradicción, al mismo tiempo.

Iba a ser una semana complicada. No tenía la menor idea de si aquella mujer estaba soltera —algo incomprensible para mí, por otra parte—. De lo que sí estaba convencido era de que la tentación estaba demasiado cerca.

Solo nos separan ocho metros, pensé.

CAPÍTULO 3

E VIE
Mi manuscrito avanzaba bastante bien, pero no podía evitarlo: miraba por aquella ventana un poco más de la cuenta. Y no era la exuberancia del bosque lo que buscaba cuando quería escapar de la pantalla. Era Connor Oleson, por supuesto.

Durante la primera noche en la cabaña apenas había pegado ojo, pero eso era algo que ya esperaba. Me cuesta dormir fuera de mi cama. Estoy demasiado acostumbrada a los sonidos de la ciudad que para otros resultan tan molestos: ambulancias nocturnas, algún que otro borracho gritando a deshoras, vecinos discutiendo...Allí no había nada de eso. Y aún así, no había dormido del todo bien. Me desperté en varias ocasiones, no sé si por aquella absurda idea de los jabalíes pululando por los alrededores, o por él. El leñador.

Había traído mi vieja cafetera italiana, algo que suelo llevar en mi equipaje en mis retiros literarios (así llamo a esas absurdas escapadas que hago cuando necesito trabajar sin que el Wi-Fi me complique la existencia). Me preparé una buena dosis de café y me puse a teclear.

Llevaba tres horas escribiendo a muy buen ritmo cuando vi que Connor salía al porche de su cabaña y se estiraba como un oso. Casi solté el café de golpe por la nariz. Eran las nueve y media de la mañana y tenía ante mí a un auténtico dios del Olimpo sin camiseta.

¿Podría él verme desde dónde estaba? Allí no había cortinas que valgan tras las que esconderse para espiar, pero estaba relativamente a oscuras. Puse los dedos sobre el teclado con la esperanza de que se moviesen solos, sin necesidad de mirar las palabras que quería componer.

Escribo novelas de misterio, pero el misterio, en aquel momento, tenía lugar ahí fuera, en la puerta de la cabaña vecina. ¿Quién era aquel hombre, tan joven y atractivo, viviendo solo en mitad de los árboles? ¿Qué lo había llevado hasta allí? ¿Por qué le había fastidiado tanto mi llegada?

Bueno, eso podía suponerlo. No le gustaba tener compañía, estaba claro. Lo entendía perfectamente, porque yo también disfruto de la soledad. Es esencial para poder escribir. Pero no llegaba al extremo de aislarme en una cabaña de manera permanente.

Mi vista se clavó en su torso musculoso, liso, desprovisto de pelo. Sus abdominales eran más que evidentes y el pantalón vaquero caía sobre sus caderas de una manera bastante insolente. Connor permanecía apoyado sobre una de las columnas de madera del porche. Tenía una taza entre las manos y rumiaba con la mirada fija en el valle. De repente, como si notase mi presencia, desvió la vista hacia mi ventana, pillándome de pleno mientras admiraba semejante belleza. Levantó la mano y me saludó. Es decir, me veía perfectamente. Genial. Ahí estaba yo, junto a la mesa de la ventana, haciendo el vago en lugar de hacer lo que había venido a hacer.

Ni siquiera me dio tiempo a levantarme de la silla para devolverle el saludo. Se giró y se metió de nuevo en la cabaña. Al cabo de dos minutos, salió, ya con una camiseta puesta y un hacha entre las manos. Un escalofrío me recorrió el cuerpo y se instaló entre mis piernas. Las junté instintivamente y noté mi propia excitación.

Para colmo, Connor se puso a cortar su leña a pocos metros de allí, quedando dentro de mi campo de visión; podía verlo sin problema desde mi refugio tras la ventana.

Levantó un pesado tronco y lo instaló sobre otro que ya tenía preparado. Pasó la siguiente hora despedazando madera. No pasaron ni diez minutos y ya se había quitado la camiseta. El sol empezaba a hacer de las suyas. Ahí fue cuando cerré el ordenador y decidí que había llegado el momento de darme una ducha y salir a dar un paseo por el bosque. Imposible concentrarse.

Observé el interior de la cabaña y pensé que debería considerar la opción de mover la mesa lejos de la ventana. Si quería terminar aquel condenado libro esa semana, claro.

CONNOR

Evie salió de la casa a eso de las doce del mediodía. Llevaba una pequeña mochila sobre la espalda y unas botas de *trekking*. El vestido había pasado a mejor vida, pero aquellos pantalones cortos de deporte que dejaban ver sus muslos torneados y bronceados no podían pasar desapercibidos. Era una mañana bastante calurosa. Había terminado con aquel tronco. Dejé el hacha sobre la base y me sequé el sudor con una toalla.

—Buenos días —me dijo, sonriente. Respiré aliviado al ver que no parecía molesta por mi mal humor repentino de la tarde anterior. O tal vez estaba solo siendo educada.

En todo caso, era el momento perfecto para enmendar mi error.

—¿Cómo has pasado la noche? —le pregunté. Me acerqué a ella, a pesar de que no estaba demasiado presentable —. ¿Has dormido bien?

Se encogió de hombros.

—No suelo dormir mucho la primera noche que paso fuera de casa. De todas formas he madrugado bastante y he estado un buen rato escribiendo. He avanzado, estoy contenta.

—Me alegro. Veo que vas a...

—Salgo a caminar un poco. Va bien para la inspiración...

La observé. ¿Querría compañía? No me importaría ir con ella y enseñarle los alrededores, a pesar de que no había pérdida posible en las rutas senderistas de aquella zona de Shernoid.

—Genial. Sí, yo también lo hago a menudo. ¿Quieres que te acompañe un poco? Puedo enseñarte la ruta principal. Por cierto, lo primero que he pensado esta mañana es que ayer no me presenté correctamente. Mi nombre es Connor. Connor Oleson.

Le extendí la mano otra vez; y ella me dio la suya. La sentí minúscula y suave entre mis dedos, endurecidos por el contacto permanente con el hacha y la madera. La retiró demasiado rápido, pero fue como si una pequeña descarga eléctrica nos recorriese a ambos.

—Connor. Bien. Si puedes decirme por dónde debo ir, o más bien por dónde no debo; te lo agradecería. Soy un poco propensa a perderme.

—Eso no me tranquiliza. Vamos, por aquí.

Eché mano de la camiseta, que había dejado sobre la barandilla de madera de la cabaña y me la coloqué, con la idea de adecentarme. No quería que Evie pensara que era un neandertal. Mi intención era aprovechar el paseo para conocerla un poco. Emprendimos la ruta principal, donde era más probable que encontrase a otros senderistas.

—¿Qué tipo de libros escribes? —le pregunté. Estaba dispuesto a averiguar todo lo que pudiera; hasta llegar de alguna manera a algo que ya me interesaba bastante: si Evie era una mujer libre y receptiva. Si me permitiría acercarme a ella.

—Oh, solo son novelas de misterio.

—¿Solo?

—Son historias...amables, por así decirlo. Un poco cómicas. No hay grandes dramas, ni muertes sangrientas en mis novelas. Más bien se trata de enredos; resueltos por una detective un poco peculiar.

—Suena bien. Me encantan las novelas policiacas y de misterio. Tengo una pequeña biblioteca dentro de la cabaña.

Evie me miró, y por un momento trató de no sorprenderse. Seguro que le asaltó la pregunta de cómo un tipo rudo y que debía esforzarse tanto para mostrar un mínimo de amabilidad leía historias de ficción. Pero enseguida corrigió aquel gesto de sorpresa. A partir de ahí, empezó a relajarse. Y yo debía reconocer que, además de aquel cuerpo que esperaba estrechar pronto entre mis brazos si todo iba bien, me interesaba qué era aquello que tecleaba y a lo que tanta importancia confería como para dejar la ciudad atrás y perderse en mitad de un bosque.

—¿Lees? ¿Mucho? —preguntó. Se agachó y cogió un palo perfecto para abrirse paso entre la maleza.

—Todo lo que puedo. No hay demasiado entretenimiento por aquí.

—Ya. Es la razón principal por la que he venido. Me hablaron de esta cabaña y no me lo pensé. Me ayuda mucho a avanzar en mis historias cuando no tengo opción alguna de perder el tiempo en internet.

—¿Dónde oíste hablar de este sitio?

—En un grupo de escritores que frecuento. Nos vemos en una cafetería en la ciudad, unas dos veces al mes. Alguien lo recomendó.

Traté de recordar. No recordaba que ningún otro escritor hubiese pasado por la cabaña de Ashcroft. Evie siguió hablando:

—Tal vez lo que no esperaba era tener un vecino tan cerca...

—Sí, son cabañas gemelas. Supongo que por eso el alquiler es tan bajo. Bueno, no supongo, lo sé. A Ashcroft le tranquiliza que haya alguien cerca de quienes ocupan temporalmente la casa de al lado.

—¿Hace mucho que vives aquí?

—Un año y medio, casi. Pero mi intención es...

Me callé. Mi intención era perderme aún más en la montaña. Huir todavía más del contacto humano. No a corto plazo, por supuesto. Necesitaba seguir vendiendo leña, y tal vez, incluso, empezar a trabajar para alguna de las grandes empresas madereras de la zona. Eso facilitaría aún más las cosas. Pero quería que Evie se acercase un poco más a mí, no ahuyentarla.

—Buscar otro sitio un poco más apartado de las rutas de senderismo —le dije. No sé si con eso lo estaba empeorando. Tal vez sí.

—Entiendo. ¿Vives solo?

—Salvo algunos jabalíes que vienen a veces a visitarme, sí.

—¡No me digas eso!

—Tranquila, solo estoy bromeando. Dudo que te cruces con alguno. Si te mantienes en el camino correcto, que no es otro que este que atravesamos.

Caminamos durante media hora más, en dirección a la cima de la montaña. Evie hablaba de sus historias y su vida en la ciudad y yo la escuchaba y preguntaba, y deducía que en aquel momento no había ningún hombre en su vida. Por mi previa experiencia, las mujeres suelen dejar esas cosas claras de manera sutil.

A veces se detenía en el camino y miraba hacia arriba, buscando mis ojos. Entonces sonreía y seguía hablando, y yo contemplaba su rostro enrojecido por el sol y —lo siento, no podía evitarlo— sus grandes pechos, entallados en una camiseta deportiva. En una de esas ocasiones noté cómo me endurecía. Demasiados meses sin ver a una mujer tan atractiva, supongo.

Me detuve. A cada paso que dábamos más perdido me sentía, a pesar de que conocía aquellos caminos como la palma de mi mano.

—He de regresar, Evie. Tengo cosas que hacer. ¿Puedo confiar en que sabrás encontrar el camino de regreso?

Ella asintió. Juraría que le hubiese encantado que la acompañase un rato más.

CAPÍTULO 4

E VIE

A pesar de que lo lógico era que profundizásemos un poco más en nuestra charla después de aquel paseo, decidí encerrarme a cal y canto en la cabaña durante los siguientes tres días. Hice lo que creí que era mejor para conseguir mi objetivo de terminar la novela; tal y como me había propuesto.

Aparté la mesa de la ventana, lejos de la visión turbadora de Connor Oleson sin camiseta, su hacha y su leña y de los lugareños que lo visitaban muy puntualmente. La arrastré hasta un rincón del comedor-cocina y empecé a teclear como si me fuese la vida en ello.

El primer borrador de la novela estaba acabado en el tercer día después de mi llegada a Shernoid. Aún a día de hoy, todavía no entiendo muy bien cómo lo hice, cómo alcancé aquel nivel de profunda concentración. Sospecho que es porque la costumbre obsesiva de revisar mi correo y mis redes sociales a todas horas no eran una opción en un sitio sin conexión a internet. Cuando llegué a la palabra FIN sentí una mezcla de excitación y de euforia. Una profunda satisfacción. Y por supuesto, tenía que celebrarlo.

Eran las cuatro de la tarde del miércoles. Tenía la cabaña alquilada hasta el próximo sábado. Por una parte pensé que no podía desaprovechar la inspiración; la musa que había venido a visitarme y que aún no se marchaba.

Podía continuar escribiendo la siguiente novela de la serie, para la que ya tenía bastantes ideas, y paseando a primera hora de la mañana, antes de que Connor empezase a cortar su leña. Aún me quedaba comida y bebida de sobras —había cargado el maletero en un área de servicio antes de llegar a la montaña—, calculando a la perfección los víveres que necesitaría para subsistir durante una semana.

Entre todas las provisiones que había comprado había algo bastante especial. Una botella de vino tinto, siempre compraba el mismo, un Vega Sicilia, para celebrar esa palabra FIN en todos mis manuscritos. Hay que festejar todo lo posible en esta vida. Nunca lo he dudado.

Así que allí estaba. Mi preciado y merecido vino tinto, el mismo del que pensaba dar cuenta esa misma noche.

Solo había un pequeño inconveniente: olvidé traer el abridor. Iba a tener que pedírselo a Connor, y obviamente, por cortesía, preguntarle si me quería acompañar.

Me acerqué un poco a la ventana, pero me mantuve alejada del vidrio, para evitar su mirada curiosa y tentadora. No sé cómo lo habíamos hecho, pero ambos habíamos mantenido a rajatabla aquella distancia escasa de ocho metros durante los últimos tres días. Sí es cierto que estuve escribiendo como una descosida, prácticamente en trance, para terminar la historia pronto. Daba paseos por el camino que me enseñó a primera hora de la mañana y cuando ya estaba de regreso en la cabaña y me ponía a escribir podía oír su hacha cortando la madera.

Nuestro breve paseo, hacía tan solo un par de días, había sido muy agradable. Por un momento pensé que me podía acercar sin peligro al hombre de las montañas. El leñador parecía herido por algo de su pasado, pero no me atreví a hurgar en él. También noté cómo su mirada recorría mi cuerpo, cómo me calentaba. Quería perderme con él en aquel bosque, que nos desviásemos del camino señalizado. Que me tumbase junto a las raíces de algún árbol y que volviese a quitarse aquella camiseta. Por desgracia, algo lo detuvo. Se dio media vuelta y regresó a la casa.

Durante el día, como decía, escribía como una loca para concentrarme y alejar aquella escena de mi mente; que debía estar ocupada única y exclusivamente con mis personajes. Pero al caer la noche, cuando cerraba el ordenador y me desplomaba sobre el colchón lo veía a él de nuevo, a ocho metros, empuñando el hacha, sudando, esforzándose, destrozando los brazos de algún árbol.

Observé a Connor a través de la ventana. Había sacado una especie de mecedora al porche y se había quedado dormido allí mismo. Abrí de nuevo la pantalla del ordenador para saber exactamente qué hora era. En el bosque de Shernoid aquel era un dato que no importaba demasiado. Después cogí mi botella de vino y salí de la cabaña.

CONNOR

Cuando me despertó tardé unos segundos en ubicarme. Su melena oscura caía sobre la barandilla del porche. Evie Farnsworth agitaba suavemente mi rodilla, arrancándome de un sueño húmedo. Había sido un gran error echarme una siesta al aire libre. Era algo que solía hacer de vez en cuando, sobre todo en aquellos días calurosos; pero obviamente no era una buena idea cuando una mujer como ella estaba tan cerca. Mi erección era más que evidente.

Me recompuse como pude, pero era complicado que no se hubiese dado cuenta. El asunto era...obvio.

—Una buena siesta, ¿no? —dijo, riéndose.

Gruñí. No me gustaba mucho que me despertasen de forma brusca, aunque la verdad, si era ella quien lo hacía no me importaba si me caía un cubo de agua helada.

—¿Dónde demonios te has metido? —le pregunté—. Llevo días sin verte por aquí.

—Claro. Estaba escribiendo.

—¿No has salido de la cabaña en dos días?

—Claro que he salido, Connor. He dado un buen paseo por las mañanas. Por la ruta que me enseñaste. Simplemente, no hemos coincidido. Debemos tener horarios diferentes. Soy muy madrugadora, ¿sabes?

—Ya veo. ¿Qué te trae por la mansión Oleson, entonces?

Levantó la botella y la agitó. Era un Vega Sicilia. La chica tenía buen olfato para el vino.

—Necesito un abridor —me dijo—. He pensado que tal vez tendrías uno.

Me levanté. Agradecía haberme puesto un pantalón negro ese día; sin duda disimularía mi "pequeño problema". O grande, según se mire. Más bien grande.

—Uhm. Un abridor. Creo que puedo ayudarte. Pasa.

Dudó unos instantes, pero después me siguió al interior de mi cabaña. Dentro, pareció sorprendida al encontrar todo ordenado y pulcro.

—Vaya. Es mucho más bonita que la mía.

—Claro. La tuya es solo un lugar de paso. Yo vivo aquí.

Tenía una chimenea siempre bien surtida; un sofá cómodo que Billy, mi amigo guardabosques, me había conseguido, cubierto de unas mantas mullidas y confortables. El suelo estaba impecable y bien encerado; y justo esa mañana había encendido un poco de incienso. El sitio estaba más que decente, la verdad. Evie se acercó a la estantería y observó los libros que allí se amontonaban.

—Tienes muchas novelas. Camilla Lackberg, Michael Connelly. Conozco bien a todos estos autores. Te gusta la novela negra.

—Sí, ya lo mencioné, creo. Me gusta leer *thrillers*.

—Entonces tal vez te interesaría leer algo de lo que escribo. No hay muertos pero...

—Seguro que sí, Evie. Me encantaría. Aunque puedo ser un lector muy crítico. Aquí tienes.

Le alargué un sacacorchos. Llevaba el mismo vestido blanco que me descolocó en cuanto se bajó del coche, y el hecho de que me confesara que quería celebrar que había terminado su nueva novela, no ayudó a calmar mis nervios repentinos. La sentía demasiado cerca y contenta, inundando con su energía cada centímetro de aquellas paredes de madera.

—Connor, estoy pensando que...—pareció dudar unos instantes, pero después me propuso algo irrechazable.

—Qué.

—¿Te gustaría acompañarme? ¿Celebrar el final de la novela conmigo? Yo no puedo beberme la botella de vino sola. Bueno, sí que puedo, pero tal vez mañana no estaría del todo...

La interrumpí. No podía esperar ni un minuto más para disfrutar de su compañía. Pero mejor fuera, en el porche, lejos de aquel sofá tentador.

—Acepto tu invitación. Por supuesto.

CAPÍTULO 5

E VIE
Salimos al porche. Una de las razones por las que lo invité, además de que no quería quedar como una borracha absoluta, era porque abrir botellas de vino, a pesar de lo que me gustan, no es precisamente una de mis virtudes. No sé muy bien qué pasa conmigo y con los abridores. No se me dan bien. Conozco el mecanismo. A veces sale bien, y a veces el corcho queda completamente destrozado. Y no estaba dispuesta a jugármela con mi Vega Sicilia de la victoria.

Connor cogió dos copas de uno de los armarios y nos instalamos en el porche. Empezaba a anochecer. Acercó una mesa auxiliar de madera y puso allí las dos copas. Después abrió la botella mientras me miraba y me sonreía, sin ningún esfuerzo. Las llenó hasta la mitad y me ofreció una.

—Por tu nueva novela —dijo, levantando la suya.

—Y por el bosque de Shernoid —añadí yo.

Él se rio. Debo de sonar siempre bastante ridícula, aún sin haber bebido.

—Quiero decir...por este sitio que me ha inspirado tanto. Jamás había escrito siete capítulos en dos días y medio —dije—. Récord absoluto.

—Por Shernoid. Ya sabes, entonces, que esa cabaña te espera cada vez que necesites terminar una novela a toda prisa.

Connor se sentó sobre la barandilla de madera, dando la espalda al bosque y mirándome fijamente.

—Este vino está exquisito. Tienes buen gusto.

—Es una pequeña tradición. Cada vez que termino una nueva novela, lo celebro con una botella.

—Haces bien.

—Lo único es que —lo estaba pensando, así que lo dije—: no suelo tener tan buena compañía.

Connor se relajó. Sonrió. El escudo del hombre elusivo empezaba a resquebrajarse delante de mí. Era curioso que yo hubiese soltado aquello, porque el vino aún no había empezado a hacer efecto.

—Si has terminado entonces, ¿qué vas a hacer el resto de la semana?

—Había pensado que tal vez podría aprovechar la inspiración y arrancar ya con la siguiente novela de la serie; o bien podría explorar un poco más la montaña de Shernoid y leer un poco. O está la opción de adelantar mi regreso a casa y salir el viernes por la noche con mis amigas. Aún no lo he decidido.

El leñador se llevó la copa a los labios y bebió, mientras pensaba qué contestar a eso. Tal vez él tenía alguna sugerencia. Me levanté de su mecedora de las siestas, dejé la copa sobre la barandilla y me acerqué a Connor. Aquella mirada me estaba matando.

El silencio se evidenció entre nosotros.

—Quédate —me dijo.

Puso su mano derecha en mi cintura y esperó unos segundos para ver mi reacción, que no fue otra que dar un pequeño paso más hacia el hueco que quedaba entre sus piernas. Eso no dejó lugar a dudas.

Me atrajo hacia su pecho y me besó.

Hasta mucho más tiempo después no supe que cuando me dijo "quédate" en realidad quería decir "quédate para siempre".

CONNOR

Nunca me emborracho. Eso quedó atrás, entre las cenizas de mi matrimonio arrasado. Lo único que me prometí a mí mismo, la única condición que me puse antes de venir a vivir a la montaña fue no beber. No beber solo. Jamás. A veces Billy viene a verme con una caja de cervezas y nos las tomamos delante de la cabaña. Eso es todo. Pero aquella copa de vino en compañía de Evie no solo me supo a gloria, sino que hizo que nuestras bocas se precipitasen la una contra la otra. Inexplicable e inevitable al mismo tiempo. Empezamos a besarnos con cierta desesperación. Ella supo encontrar el hueco perfecto entre mis brazos y sus piernas desnudas estaban demasiado a mi alcance. Las manos me dirigían.

Empecé a escuchar, sorprendido, cómo mientras la acariciaba unos leves gemidos se escapaban de su garganta. Se estaba excitando, y eso no ayudaba precisamente a que yo mantuviese la compostura. Me entretuve unos segundos con mi lengua entre sus labios. No. ya no eran solo los sonidos del bosque lo que oía, era Evie encendiéndose y separando sus piernas para que mis manos llegasen hasta su sexo.

Entendí lo que quería, lo que cada poro de su cuerpo me estaba pidiendo, y por qué estaba disfrutando tanto de mis manos, ya debajo de su vestido.

—Connor —gimió—. Tus manos...

Me levanté de la barandilla, la rodeé con mis brazos por la espalda e hice que se girara. Su culo se pegó a mi polla, buscando la erección que yo no podía ni quería evitar.

—Sí, lo sé. Evie... estoy muy excitado y...

—Yo también —contestó. Y fue todo cuanto necesitaba oír.

Sabía perfectamente lo que estaba pasando, porque yo también notaba la fricción entre la piel de mis dedos endurecidos por el hacha y la suavidad de sus curvas. Evie apoyó la frente sobre la columna de madera del porche y se inclinó aún más. Busqué su humedad con mis dedos y empecé a acariciarla entre las piernas. En cuanto mi mano entró en contacto con aquel calor incandescente ella dejó escapar un nuevo gemido. Estaba disfrutando.

Besé su nuca y busqué sus enormes pechos con la mano que me quedaba libre. Los liberé de aquel vestido, dejándolos expuestos en dirección al bosque. Ella agarró mi brazo y lo colocó sobre su pecho, buscando el máximo contacto entre nuestra piel. Su postura inclinada no me dejaba ninguna duda de lo que quería. De espaldas, deslizó la cremallera del pantalón. Evie metió la mano y se la llenó con mi erección, desbordándola.

No tengo la menor idea de por qué en ese momento no la levanté entre mis brazos y la llevé hasta la cama. O al menos al sofá, que quedaba aún más cerca. El caso es que Evie liberó mi polla y se inclinó, facilitándome el acceso. Allí y ahora. Ninguno de los dos tenía la intención de apartarse de aquel viejo poste de madera. Separó un poco las piernas y yo le levanté el vestido.

—¿Puede vernos alguien? —me preguntó.

—Solo Billy.

—¿Quién es Billy?

—Tranquila. No nos verá nadie. Billy es el guardabosques, y a veces viene a verme. Pero esta semana ya pasó por aquí. Y nadie compra leña a estas horas.

Bajé el tono de voz y acaricié la entrada de su coño con el glande. Estaba cada vez más húmedo. Lo paseé arriba y abajo. La humedad resbalaba entre sus muslos.

—Hazlo, Connor. No aguanto más. Por favor.

Miró hacia atrás y vi sus mejillas enrojecidas; y los ojos entreabiertos de puro éxtasis. Entonces me detuve un momento y llevé mi dedo índice hasta su clítoris. Evie se agarró con fuerza al poste. Si seguía frotando mis dedos encallecidos en ese punto exacto se correría enseguida. Y, la verdad, quería martirizarla un poco más.

—Has trabajado mucho esta semana. Has hecho el trabajo de siete días en solo tres —susurré en su oído—. ¿Quieres divertirte un poco, Evie?

—Síiii.

En cuanto noté que su respiración se aceleraba la penetré hasta el fondo, sin ningún tipo de aviso ni de anticipación. La rodeé con fuerza con mis brazos, como si realmente fuera el oso que a veces me sentía. Y empecé a empujar. Su cuerpo, y sus tetas, salían por encima de la barandilla, agitándose con cada vaivén. Traté de agarrarlas, de acariciar sus pezones. No aguantamos ni un minuto más. Llevaba demasiado tiempo sin sentir aquel calor, sin estar dentro de una mujer tan fuera de control.

En cuanto vi que sus músculos empezaban a latir alrededor de mi polla me dejé ir, la inundé al mismo tiempo que el grito de pura satisfacción de Evie Farnsworth se perdía entre los árboles.

CAPÍTULO 6

Connor seguía dormido cuando me desperté. Conocía bien aquella penumbra de las seis de la madrugada, justo antes de que el sol aparezca en el horizonte. Ya lo he contado antes, suelo levantarme muy temprano. Estábamos en su cabaña, después de una noche intensa y demasiado perfecta para pertenecer al plano de la realidad.

La recuerdo como una de esas noches que jamás se olvidan. Después de nuestro encuentro en el porche, recuperamos la cordura y seguimos en el interior de la cabaña. Seguimos desentrañándonos, preguntándonos todo sobre nosotros, sorteando heridas del pasado y esquivando planes del futuro.

Fue entonces, mientras degustábamos un plato de queso y un poco de pan con aceite, cuando Connor me confesó su intención de adentrarse aún más en el bosque. De dejar la cabaña que Ashcroft le había alquilado y perderse en lo más profundo de aquella montaña que tanto amaba.

—Ya he visto un par de terrenos —me dijo—. Es un proyecto a medio plazo. Billy me ayudará con la construcción.

Me habló también de su amigo Billy, el guardabosques, de los lugareños, de las últimas diez novelas que había leído. *Hacía mucho que no hablaba tanto en voz alta*, me dijo. *Estoy demasiado cómodo contigo*. Pero de toda nuestra conversación, yo me había quedado con ese pequeño detalle, ese "proyecto a medio plazo".

Connor tenía las cosas muy claras, sabía perfectamente quién era y con qué se había comprometido.

Y yo podía engañarme a mí misma y hacer como que no lo había oído, o bien aceptar aquello como lo que era: una noche que jamás podríamos olvidar. O yo al menos no la olvidaría. En ese momento fui consciente del arma de doble filo que suponía quedarme a su lado, en aquella cama, hasta el próximo sábado.

Connor pertenecía a su montaña. Y yo era una chica de ciudad. Nos habíamos encontrado felizmente y todo había salido perfecto, pero había llegado el momento de separarnos. Si lo hacía ahora, en ese instante, podría aplacar el golpe. Cargaría el coche y regresaría a la ciudad. A mi vida de escritora que empieza a tener cierto éxito y reconocimiento. *Será fácil si lo haces ahora,* pensé. *Te olvidarás de él enseguida y todo quedará almacenado como un bonito recuerdo.*

Observé cómo dormía. Connor se había destapado durante la noche. Estaba completamente desnudo y su enorme cuerpo seguía siendo la misma tentación que la noche anterior, mientras me miraba con la copa de vino entre los labios. Me acerqué un poco más al calor que desprendía y acaricié su pecho.

No pude evitarlo, deslicé la mano por su cadera y empecé a acariciar su pene semierecto. De repente se tumbó sobre su espalda. Seguía dormido, pero no podía decir lo mismo de su miembro, que crecía a cada segundo en mi mano. Lo rodeé con mis piernas y me senté encima de él. Connor gruñó. No dije nada. Solo empecé a moverme, buscando mi placer. El leñador se endureció por completo y eso hizo que me desatara. Empecé a cabalgar sobre él, exponiendo mis pechos para que se despertara de una vez y los rozase con su lengua.

Cuando ya estaba a punto de correrme, Connor abrió los ojos y me observó. Lo sentía en el fondo de mi cuerpo y al mismo tiempo mirándome desde cierta distancia. Iba a explotar sobre él, de puro éxtasis y calor, cuando se incorporó un poco y me abrazó, obligándome a que ahogase mi grito en su pecho.

Me desplomé encima de él, desfallecida.

—Es muy temprano, Evie —me dijo un minutos después, abrazándome, aún dentro de mí—. Necesito dormir un poco más.

Volví a mi sitio en el lado izquierdo de la cama, el que estaba más cerca de la puerta. Observé su polla, aún dura. Él no se había corrido. Si hubiese sido por mí, no le habría dejado dormir en ese momento. Habría seguido encima de él, moviéndome hasta extraer la última gota de su simiente.

—Vuelvo enseguida —murmuré; y después besé sus labios.

Creo que no me oyó. Salí descalza de la cabaña, sin ropa interior, colocándome el vestido de camino a la mía. Salvando los ocho metros, ocho pasos para él, tal vez quince para mí. Una vez allí, me metí en la rústica ducha, tratando de pensar con claridad.

Demasiado intenso. Demasiado bien. Demasiado imposible. Así sentía todo al lado de Connor Oleson, el leñador. En su cama me había sentido tranquila y feliz, protegida. Sabía que él me dejaría siempre mi espacio. Que tal vez, solo tal vez, existía una mínima posibilidad de que yo me quedase allí con él, escribiendo mis novelas en aquella montaña, escuchando cómo él despedazaba la madera con su hacha.

Pero aquel espejismo duraría poco. Estaba convencida. Mi impresión había quedado clara después de escucharlo hablar emocionado de su montaña. Era un solitario. Había abandonado la civilización porque una mujer le rompió el corazón. Eso es lo que había podido deducir de todo lo que me había contado. Lo que me dictaba mi vieja amiga intuición, la que jamás me fallaba. Y aunque la naturaleza y el trabajo físico parecían haberlo curado, yo no tenía ningún motivo para pensar que él quería a alguien a su lado. A mí. De forma permanente.

Lo que Connor quería, a todas luces, era adentrarse aún más en el bosque.

Solo.

Por eso salí de la ducha y recogí la cabaña en silencio. En ese momento pensé que era mejor así. Sin despedidas. Sin promesas vacías. Eran las siete de la mañana cuando cargué la última bolsa en el coche. Tenía todo. La pequeña maleta con la ropa que había traído, el ordenador, mis cuadernos de notas y mis enseres personales. En el último momento, saqué del bolso mi primera novela; una copia de *Tras la cortina*.

La había traído para consultar detalles de continuidad sobre mi personaje protagonista. Pero ya no la iba a necesitar. Además, tenía más ejemplares en mi apartamento, o qué importaba, podía pedir más copias a la editorial. La dejé sobre la mesa. Tal vez Connor querría leerla. Y aquella sería mi única despedida.

Arranqué un trozo de papel de una de mis libretas y le dejé una nota:

Gracias por enseñarme el camino correcto en el bosque, Connor. Han sido unos días maravillosos. Perfectos. Gracias también por celebrar conmigo el punto final de mi nueva novela. He de regresar a la ciudad, creo que es lo mejor. No voy a olvidarme de ti, pero es evidente que tu montaña te espera. Te dejo mi primera novela, tal vez te apetezca un poco de misterio.

Besos,
Evie

Cerré la puerta del asiento del conductor con cuidado para que él no se despertara. Y así me marché del bosque de Shernoid, pensando que era mejor arrancar las tiritas de golpe para ahorrarme heridas futuras. Tenía mucho trabajo y la ciudad me esperaba. Mi única preocupación en aquel momento no podía ser otra que revisar mi manuscrito y enviárselo cuanto antes a Rachel, mi impaciente editora.

CAPÍTULO 7

El ruido. El tráfico. El enjambre de personas con demasiada prisa. Las pocas veces que visitaba la ciudad me sentía sobrepasado; pero el motivo de mi escapada valía mucho la pena. Hacía semanas que tenía ese día bien anotado en mi calendario.

Era el día que Evie Farnsworth firmaba ejemplares de su nueva novela en la librería Borders, después de una gira por ocho estados. Regresaba a casa, y yo no quería perderme la oportunidad de saludarla y hacerme con la siguiente entrega de su serie. La misma novela que había terminado a pocos metros de mí.

—Un café solo —le dije a la camarera del Winston Café; en una de las principales avenidas. Estábamos a solo unos pasos de la librería donde Evie presentaba su libro.

Estaba nervioso ante la posibilidad de encontrarme con ella de nuevo, y tal vez el café no iba a ayudarme con eso, pero había conducido dos horas desde Shernoid para llegar hasta allí; y el ritmo de la montaña no era demasiado compatible con aquel madrugón.

—Aquí tiene, su café —me dijo, sonriente—. ¿Algo de comer? Acabamos de sacar del horno unas tartas deliciosas.

Eché un vistazo hacia el mostrador. Tenían una pinta espectacular, de eso no había duda.

—¿Zanahoria? ¿Queso con arándanos?

—La segunda.

Fui a sentarme. La chica llegó enseguida hasta donde me encontraba, al fondo de la barra y junto a uno de los ventanales, con un generoso trozo de tarta y una sonrisa flirteadora que no pasé por alto. Es algo que siempre me choca en las pocas ocasiones en las que he de venir a la ciudad. Las mujeres me sonríen, se ablandan en mi presencia. Se convierten en una agradable tentación. Pero yo tenía muy claro a quién había ido a ver.

Desde donde estaba podía controlar perfectamente la entrada de la librería. Había un grupo de personas en su interior, sin duda esperando a que el evento empezase. Respiré hondo. Eso me calmaba, a pesar del trasiego urbano al que tan rápido me había desacostumbrado.

Recordaba muy bien el destrozo que provocó Evie con su marcha repentina. Aquella mañana me levanté, pensando en el desayuno, en el paseo que podríamos dar alejados del sendero principal de Shernoid cuando vi su lado de la cama vacío. Su lado de la cama, sí, porque ya lo asociaría a ella hasta que decidiese renovar aquel colchón.

Extendí la mano. Estaba frío. Se había levantado hacía horas. Entonces recordé cómo se había subido encima de mis caderas y cómo se había movido, buscando su propio placer. Yo estaba medio dormido, pero sentía cómo se movía y como disfrutaba de mi dureza.

Esa mañana me levanté, me puse un pantalón y salí disparado hacia la cabaña vecina. El coche no estaba, así que no podía sorprenderme. Lo que necesitaba era saber por qué. Por qué había decidido marcharse al final sin decir nada.

Cuando vi el libro y la nota que lo acompañaba entendí todo. Y deseé haberme mordido la lengua. Le había confesado que iba a buscar una casa más grande y más perdida aún en el bosque. Un sitio donde pudiese estar completamente solo. Menudo idiota. No sé si era el efecto del vino el que hablaba por mí. Lo que sí sé es que la he echado de menos todas las mañanas al despertarme desde ese día.

Eso debe significar algo, ¿no? Pasó una semana, dos, y en lugar de difuminarse en mi memoria de repente me encontraba pensando en Evie Farnsworth más de la cuenta. Leí su novela y quise leer la continuación. Y fue entonces cuando, en casa de Billy; y gracias a su conexión a internet, supe que la siguiente estaba lista y que la presentaría en unos meses en varias librerías.

No tenía su teléfono, ni su dirección de correo electrónico. Evie era una de esas escritoras de éxito que no maneja sus redes sociales. Algo me había comentado al respecto. No sabía dónde vivía, tampoco. Mi única opción de reencontrarme con ella era aquella presentación.

Me terminé el café y la tarta y me acerqué a la barra a pagar. Si Evie no quería verme, al menos me llevaría de allí un libro bastante especial.

EVIE

—Se está llenando. Qué éxito, ¡menudo éxito, Evie! —me dijo Rachel, moviéndose a mi alrededor como una mariposa revolucionada por la primavera.

Yo estaba feliz por la acogida de mi segunda novela, pero agotadísima. Aquella era la última parada en mi *tour* de librerías, regresaba por fin a casa y lo único que me apetecía era pasarme una semana en el sofá, comiendo chocolate y viendo vídeos en YouTube. Rachel, en cambio, tenía la energía veinteañera incombustible que a mí me faltaba en aquel momento.

Me había acompañado durante casi toda la gira de presentación de la novela. Cuando le pregunté si venía, salió de su torre de marfil en Nueva York y se plantó en Michigan. Me sorprendió, la verdad. No le hacía mucha gracia separarse de Tom, su novio, con quien recientemente se había ido a vivir. Pero me dijo que le hacía mucha ilusión acompañar a una escritora en su gira promocional.

—Primera y seguro que última —le había dicho yo en el hotel, la noche anterior, mientras nos tomábamos un cóctel.

—De eso nada. En cuanto tengamos la tercera entrega de la serie, nos vamos las dos de viaje de nuevo. Esta vez por la costa oeste. ¿Qué te parece?

Lo de pasarme una semana comiendo dulces y perdiendo el tiempo en internet era pura falacia. A pesar de que había dejado mi trabajo en la agencia de comunicación gracias al suculento adelanto por la segunda y tercera novelas de mi serie de misterio, sabía muy bien que tenía que avanzar ya con el manuscrito de la tercera historia.

Y llevaba un tiempo coqueteando con la idea de volver a alquilar la cabaña de Ashcroft. Esta vez, puede que durante más tiempo. Dos semanas, tal vez un mes.

No había podido olvidarme de él. Fracaso absoluto. Sabía perfectamente que estaba a dos cócteles de tomar la decisión definitiva de ir en busca de Connor y disculparme por mi marcha repentina. Todas las mañanas, antes de abrir los ojos, estiraba el brazo sobre el colchón, rememorando aquel día en su cabaña.

Seis meses después de aquello había comprendido que ningún otro llenaría aquel hueco. Y sí, vivía en la montaña, tal vez en algún lugar mucho más recóndito aún. Pero lo encontraría.

Rachel me dio otro ejemplar para que lo dedicase. Oí una pequeña exclamación muy impropia de ella. Solo entonces me permití levantar la vista.

—Para Connor, por favor.

Me quedé de piedra. Allí estaba él, fuera de su hábitat. Más atractivo que nunca. Él se agachó junto a la mesa, para que nuestras miradas quedasen al mismo nivel. No pude articular palabra en ese instante.

—Me encantó la primera novela —me dijo, sonriendo; diciendo todo lo demás con sus ojos.

Me levanté de golpe de la silla.

—Connor. Dios mío, me alegro tanto de verte. Siento haberme ido sin decir nada.

Estiré el brazo para agarrarlo por la manga. Sentía la mirada asesina de Rachel a mi lado. La cola de lectores llegaba hasta la calle y apenas disponíamos de veinte minutos más.

—Evie, ¿podéis hablar luego? Nos queda mucha gente.

—Claro —contestó Connor educadamente —. Estás muy ocupada. Hablemos en otro momento, Evie. Es un placer verte de nuevo. Estoy deseando retomar la historia en la segunda parte.

Me guiñó un ojo y se apartó de la fila. Quise lanzar los libros por los aires, pero me encontré con el rostro emocionado de otra lectora. ¿Qué había querido decir exactamente con "la segunda parte?

CAPÍTULO 8

A la mañana siguiente dejé a Rachel en el aeropuerto con una considerable resaca y emprendí la inevitable ruta en mi nuevo coche hasta las montañas de Shernoid. Yo, al igual que mi querida editora en aquel despertar, tampoco estaba en mi mejor momento, pero me daba exactamente lo mismo. Tenía que ver a Connor. Aquello no podía esperar ni un minuto más.

Él no había esperado a que la firma de libros terminase, y lo entendía perfectamente. Había demasiada gente. En cuanto pude librarme de las garras de Rachel y de dos periodistas locales que querían saber en qué punto estaba exactamente la tercera novela de la serie, salí corriendo a la puerta de la librería. Recorrí todos los pasillos entre las estanterías, pero no había ni rastro de Connor.

¿Habría conducido hasta la ciudad solo para comprar el libro? No, por supuesto que no. Aunque dudaba que los repartidores lleguen hasta la cabaña de Ashcroft, probablemente habría podido conseguirlo de una manera más fácil. Tal vez había aprovechado para hacer algún recado y se encontró con que yo estaría firmando ejemplares. En cualquier caso, me fastidió mucho no poder hablar con él y decirle que tenía que disculparme. Hubiese querido explicarle la razón exacta por la que me marché de Shernoid sin despedirme.

Llegué a las once del mediodía y la primera obviedad fue que aquellas dos cabañas, en pleno mes de diciembre, estaban totalmente desiertas. Aparqué junto a la casita vacacional y bajé del coche a toda prisa. Di la vuelta a la cabaña de Connor buscando el punto donde lo veía cortar leña. Encontré el tronco desierto, pero oí un murmullo que provenía de la parte trasera de la casa. Dos hombres charlaban de forma distendida.

Fui hasta allí, esperando encontrarme con él. Pero no era ninguno de los dos.

—Buenos días, estoy buscando a Connor.

El más alto de los dos, un tío bastante atractivo vestido con ropa deportiva, me contestó enseguida.

—Connor ya no vive aquí.

—¿Cómo? —pregunté. El pánico, la posibilidad de que se hubiese esfumado para siempre, se apoderó de mi garganta.

—¿Puedo preguntar quién lo busca? —murmuró el otro hombre, de mayor edad.

Di un paso hacia atrás, como si fuese incapaz de seguir con aquella conversación, sabiendo que no iba a encontrarlo allí. ¿Cómo había sido tan idiota? ¿Por qué demonios había esperado seis meses para buscarlo?

El chico alto dio un paso hacia mí.

—Mi nombre es Billy. Soy el guardabosques. Soy amigo de Connor. ¿Y tú eres...?

—Evie.

—¿Evie? ¿Evie, la escritora?

Asentí. Billy sonrió.

—Este es Ashcroft. El dueño de las cabañas.

Oh, vaya, genial. Seguro que nuestra pequeña indiscreción ahora era *vox populi*. La cara del propietario se relajó.

—Sí, sí, nos conocemos. Una antigua inquilina —le dijo a Billy.

—¿Sabéis dónde puedo encontrarlo?

—¿A Connor? Sí, dejó esta cabaña y está construyendo una al otro lado del bosque, en un terreno más aislado. No está demasiado lejos, pero hay que apartarse del sendero principal. Si sigues todo recto…

—Gracias —murmuré—. Creo que lo encontraré.

Me di la vuelta, y empecé a caminar de forma apresurada hacia el camino que se adentraba en el bosque. Estaba casi segura de poder localizar el punto exacto en el que Connor se habría instalado, pues me lo había señalado a lo lejos el día que caminamos juntos. Solo esperaba que no hubiese cambiado de idea.

Billy gritó a mi espalda.

—¡Evie! Si me esperas una media hora, puedo acompañarte.

Me giré y los saludé con la mano.

—¡No será necesario, gracias! ¡Conozco el camino!

Eso de "conocer el camino" no era exacto del todo (más bien tenía una ligera idea), pero esa media hora, tal vez, suponía la distancia a pie hasta llegar a Connor y de repente yo tenía toda la prisa del mundo. Me adentré en el bosque con la esperanza de encontrarlo lo antes posible.

CONNOR

Oí un grito lejano y, solo por un instante, me pareció reconocer en él su timbre de voz. El de Evie. Pero eso era imposible. La había perdido de vista el día anterior en aquella librería. Decenas de personas reclamaban su atención, una firma, una foto, unos segundos de su tiempo. Era demasiado esperar que pudiésemos hablar tranquilamente en medio de aquella vorágine.

Me marché de allí algo decepcionado, pero creyendo que había hecho todo lo que estaba en mi mano, al menos por el momento. No pensaba tirar la toalla, por supuesto, simplemente no había escogido la ocasión perfecta para una conversación. Aún así, me encantó verla. Estaba deslumbrante, envuelta en la admiración de sus lectores. Me sentí orgulloso. Y conseguí su nueva novela. Me parecía increíble que hubiese escrito parte de aquel libro prácticamente a mi lado.

Seguí consultando los planos del cobertizo. Escuché de nuevo un grito, esta vez un poco más cerca. No estaba alucinando. Parecía alguien en apuros. Pero era rarísimo que alguien llegase hasta allí entre semana, a esas alturas del mes de diciembre, dos semanas antes de Navidad. Cogí el abrigo y corrí pendiente abajo.

Lo que vi me dejó helado. Pasando dos arboledas, en pleno bosque, vi a la mismísima Evie, con la espalda pegada a una de las sequoias. Delante de ella, un enorme jabalí negro gruñía.

—Mierda, ¡Evie!

Salí corriendo hacia donde estaba el bicho. Instintivamente saqué una navaja de mi cinturón. Pretendía distraer al animal para que ella pudiese resguardarse mientras yo me ocupaba de él.

—¡Connor! —gritó al verme—. ¿Qué hago?

—¡No te muevas!

Cogí una rama y se la lancé al animal, que me encaró enseguida. Era un viejo conocido. Lo había visto husmeando en un par de ocasiones por la cabaña de Ashcroft. Era uno de los más grandes de la zona.

—¡Evie! Voy a llevármelo de aquí. Cuando no nos veas, quiero que salgas corriendo por donde yo he venido y que llegues al claro. Enciérrate en la casa y espérame allí. ¿Me has entendido?

Ella asintió. Sinceramente, aquello no debía ser muy dramático y no esperaba llevarme más de un rasguño. No era la primera vez, ni la segunda, que me veía en una situación parecida. Me moví para llamar la atención del jabalí y salí corriendo para que me persiguiera. Evie, por fortuna, siguió mis indicaciones al pie de la letra. No habría soportado que le pasase algo.

Corrí durante un par de minutos. El bicho me seguía. Al principio con bastante ánimo, pero al poco tiempo se cansó y perdió por completo el interés en mí. Se adentró en el bosque y se perdió montaña arriba. Cuando estuve seguro de que no había peligro, regresé corriendo a casa. La verdad es que no tenía intención de hacerle daño al pobre jabalí. Guardé de nuevo la navaja en mi cinturón antes de presentarme ante Evie.

La abracé. Nos fundimos en un abrazo intenso que debería haber tenido lugar el día anterior. Y en su mano encontré el motivo de aquel incidente salvaje. Llevaba un sandwich en la mano.

—¿Comiendo en el bosque, Evie? No me extraña que se acercara tanto a ti —me reí y ella me propinó un golpe en el hombro.

—¡Estaba a punto de atacarme!

—Nah. Solo quería tu merienda.

Evie gruñó, enfadadísima.

—Me alegro de verte —le dije—. ¿A qué debo este honor?

—Ayer te marchaste de la librería sin despedirte y... —se mordió el labio enseguida.

—Sí, no sé de quién habré aprendido esa clase de comportamiento.

Vi cómo sus ojos brillaban. Una humedad repentina en la mirada.

—Lo siento —me dijo—. Siento no haber venido hasta aquí antes. Me fui porque entendí que querías estar solo. Quiero decir, que jamás te plantearías que alguien te acompañase...

—Ya ves dónde estoy, Evie. Rodeado de bestias y aislado en pleno bosque. Pero esto no es para siempre. No puede serlo porque lo cierto es que hace meses que no dejo de pensar en ti. No dejo de pensar en que tal vez haya encontrado a la única persona por la que me plantearía dejar la montaña.

Se quedó de piedra. Le costó articular la siguiente frase.

—Pero, Connor. Esta casa...

—Esta casa puede ser solo un refugio. Nuestro refugio.

La abracé.

—¿Ves esa mesa?

Señalé el enorme escritorio que había construido y colocado junto al principal ventanal de salón. Evie asintió y me miró. Susurré junto a su oído:

—Me encantaría que te sentases ahí con tu ordenador y no parases de teclear hasta que volvieses a escribir la palabra FIN...Una y otra vez. Decenas de historias.

—Connor, nada me gustaría más —contestó; y supe que esa vez aquella chica de ciudad no abandonaría mi colchón en plena noche.

—Eso espero —dije—, porque anoche no pude dormir hasta acabar tu segunda novela. Y quiero ser el primero en leer la tercera.

La besé, y la abracé; y al oír cómo su respiración se calmaba supe que la montaña es, por ahora, nuestro sitio.

EPÍLOGO

Seis meses después
EVIE

—Yo de ti me comería esa manzana antes de salir de casa —le dije a Eileen.

—¿Por qué?

—Hay jabalíes rondando por ahí. Y les encanta robar comida.

—¡Anda ya! No me tomes el pelo.

—Muy bien. No me digas que no te lo he advertido.

Cerré el ordenador. Había conseguido, casi milagrosamente, que Connor accediese a instalar Wi-Fi en la casa de la montaña. Ahora aquello parecía un sitio menos inhóspito; me sentía un poco más conectada con el mundo y Laurie y Eileen habían accedido a visitarme en Shernoid por fin. Habían llegado la noche anterior. Hacía ya tres meses que vivía con Connor en su nueva casa y la verdad, el toque femenino le estaba sentando perfecto a la madera.

Eileen había venido disfrazada de montañera. Tenía unas pintas un poco absurdas, pero no por ello iba a dejar pasar la oportunidad de meterse conmigo. Algunas costumbres nunca se pierden.

—¡Quién te ha visto, Evie Farnsworth! Una rata de ciudad como tú —se rio a carcajadas—. Lo que no consiga el amor...

—Déjame decirte que me he amoldado a la vida en plena naturaleza a las mil maravillas. Tengo todo el tiempo del mundo para trabajar. He escrito doscientas cincuenta páginas desde que estoy aquí con Connor y eso que...

—Y eso que no debéis parar de follar —terminó Laurie.

Le lancé un cojín.

—Shhh...Puede oírnos —susurré.

Connor estaba construyendo un columpio en el jardín. Eileen se acercó y acarició mi abultada barriga. Estaba embarazada de cinco meses.

—El bebé no va a saber de qué estamos hablando —dijo.

—Me refiero al padre, tonta.

—¿En serio vais a vivir aquí?

—Al menos la mitad del año, sí. Me encanta Shernoid. Me encanta cómo me concentro en este lugar y cómo vuelan las palabras cuando me siento a escribir. Nunca tuve eso en la ciudad.

Laurie me miró. No se habían creído ni una palabra cuando les dije que me mudaba a vivir con Connor; pero cerraron la boca en cuanto se lo presenté. Después me dijeron que me tomarían por una loca si no lo hacía.

—Aún así, el invierno lo pasaremos en la ciudad —añadí—. Ya sabéis que no me quiero desprender de mi apartamento. Lo alquilaremos en los meses de verano, tal vez. Me gusta conservarlo por si he de ir a veros. No os vais a librar tan fácilmente de mí.

Salimos al exterior. El sol y el color verde intenso nos envolvió. Connor se levantó; se retiró el cinturón de herramientas y se acercó a vernos. Me abrazó por la espalda; antes de despedirse de nosotras. Esa mañana queríamos hacer una buena ruta de *trekking*. No sabía durante cuánto más tiempo me sentiría ágil y con fuerzas, antes de que llegase el bebé. Apoyé la cabeza en su pecho y él rodeó mi vientre con sus poderosos brazos. Sospeché que incluso cuando alcanzase los nueve meses, podría seguir refugiándome entre los brazos del hombre de la montaña y aún sobraría espacio entre nosotros. Entonces yo haría que se estrechasen todavía más sobre mí y lo besaría. Una y otra vez. Después me sentaría ante el ordenador y escribiría una nueva página.

A cinco minutos del guardabosques

CAPÍTULO 1

LESLIE

Cuando abrí los ojos en mitad de la noche, o al menos cuando fui consciente de que estaba despierta, sentí un intenso desamparo. Estaba en mitad del bosque de Shernoid, sola, de madrugada. Terrorífico, ¿verdad? Menos mal que entendí enseguida lo que estaba sucediendo.

Soy sonámbula. Desde tiempos inmemoriales. Me levanto de noche y doy unas vueltas alrededor de la cama de vez en cuando. A veces hago alguna actividad mecánica y repetitiva; como retirar todos mis libros de la estantería y volverlos a colocar, o fregar los platos.

En casa todo es relativamente seguro, pues me aseguro de que la puerta quede bien cerrada, pero cuando salgo de viaje he de ser un poco más precavida. De todas formas, con los años, eso de levantarse y caminar dormida cada vez me sucede menos a menudo. Desde luego, no esperaba que pasase durante la acampada que hice con mis amigos en la montaña de Shernoid. Aquel fin de semana celebrábamos mi veinticuatro cumpleaños, que en realidad había sido la semana anterior.

Esa noche compartía la tienda de campaña con Rebecca. Es mi mejor amiga y era la única de nuestro grupo que sabía de mis antiguas andanzas nocturnas pero estas ya eran tan poco frecuentes que olvidamos tomar precauciones que evitasen que me escapara de la tienda en mitad de la noche.

Y allí estaba, en el bosque, sin saber cuánto había caminado, ni dónde estaba exactamente, ni cómo volver a nuestro improvisado campamento. Recuerdo dos cosas de ese despertar: primero, que no era todo tan oscuro como cabría esperar, ya que en el cielo brillaba una superluna que me hacía sentir un poco mejor. Lo segundo: estaba descalza. Había caminado por el bosque en braguitas, con una camiseta de talla L de manga corta. Como cabía esperar, de mis pies ya brotaban algunas pequeñas heridas. También un rasguño más escandaloso coronaba mi rodilla derecha —¿me había caído en algún momento?—.

No había sido la mejor idea hacer una maratón de películas de terror con Rebecca antes de aquella escapada a Shernoid. ¡La saga de la Bruja de Blair, nada menos! ¿En qué estaríamos pensando?

Respiré hondo y caminé con cuidado hasta llegar a un sendero que, por suerte, no estaba cubierto de piedras y ramitas. Aún así, me estremecía de dolor cada vez que pisaba donde no debía. No quería pensar en los jabalíes. Habíamos visto uno a lo lejos el día anterior y en el Centro de Excursionistas que había a los pies de Shernoid ya nos habían advertido que no dejásemos comida a la vista si no queríamos atraer a estos amiguitos del bosque a nuestras tiendas.

No sé exactamente cuánto rato caminé al despertarme ni hacia dónde me dirigía. Solo era consciente de que estaba a punto de tirar la toalla y tumbarme junto a las raíces de un árbol para descansar hasta que amaneciese, cuando vi el resplandor de una cabaña, a unos diez metros de donde estaba, triste y asustada.

Era la cabaña del guardabosques.

Lo supe porque me acerqué despacio, todo lo despacio que me permitían las plantas de mis pies malheridas, y leí la placa metálica que había clavada en la puerta.

GUARDABOSQUES.

Sentí una mezcla de miedo y de excitación, allí parada, sobre el suelo de madera del porche que rodeaba la casita en aquel claro del bosque. Miré mis piernas, ateridas por el frío. Dios mío, iba semidesnuda. ¿Qué hora debía ser? No más de las cuatro de la madrugada. Me sentía un poco más a salvo, al menos aquella superficie no me lastimaba los pies. Tomé aire de nuevo para serenarme y me detuve justo antes de llamar a la puerta.

No eran horas. Estaba a punto de despertar a quien fuese que vivía allí, en mitad de la noche. Pero no tenía demasiadas opciones.

Llamé a aquella puerta de madera. Al principio tímidamente, y la segunda y tercera vez con algo más de energía.

Si es que alguien se dignaba a abrir, esperaba a un ogro del bosque, un viejo rudo y profundamente fastidiado porque una chica de ciudad perturbase su sueño.

En su lugar, me encontré con la cara somnolienta y el torso desnudo de Billy Kudrup. El guardabosques más atractivo del condado. Probablemente del mundo.

BILLY

¿Estaba soñando? Sí, eso era. No podía ser. No era posible que el universo hubiese atendido, por una vez, mis ruegos silenciosos. Eran las cuatro de la madrugada y allí estaba, plantada en la puerta de mi cabaña, la rubia que había visto el día anterior en el Centro de Excursionistas.

Tardé unos segundos más de la cuenta en reaccionar. Después bajé la vista sin demasiado disimulo y comprobé, atónito, que no llevaba pantalones. Sus piernas y sus pies estaban completamente desnudos. No entendí nada. Cuando al fin fui consciente de que no estaba soñando, me di cuenta, horrorizado, de que aquella chica estaba herida.

Me aparté para que pasara de inmediato. Ella, como era lógico, no lo hizo. Había un deje de desconfianza en su rostro.

—Bue...buenas noches —dijo —. Siento mucho molestar a estas horas. Estaba de acampada con mis amigos, y me he perdido en el bosque.

Se abrazaba a sí misma. Tenía frío y parecía algo avergonzada. Pero aún así, extendió su mano para ofrecérmela.

—Soy Leslie.

La miré de nuevo. No podía creer lo que estaba pasando. La había visto el día anterior con un grupo de gente de su edad, formando algo de alboroto y comprando unos mapas en el Centro, cuando la vi. Llamó mi atención enseguida, como no podía ser de otra forma. Su melena rubia, sus grandes pechos. Sus piernas largas y atléticas. En cuanto se fueron, pregunté a Adele, la guía turística, dónde había acampado aquel grupo.

—¿Cómo quieres que lo sepa, Billy? Acaban de llegar. Solo espero que no se metan en problemas. Esperanza vana, supongo.

—Les echaré un vistazo esta tarde para asegurarme de que todo está bien —contesté.

No se lo dije a Adele, obvio, pero a quien quería echar un vistazo era a aquella rubia. Y allí estaba, en mi minúsculo salón, en mitad de la noche. Había encontrado el improvisado campamento de sus amigos, pero a la hora en que pasé no estaban allí. Había maldecido mi suerte, porque estaba dispuesto a presentarme y, tal vez, con suerte, entablar conversación con ella.

—Estás herida. ¿Qué te ha pasado?

Ella no contestó. Estaba tiritando. En ese momento reaccioné y cogí rápido la manta que tenía sobre la mecedora. Se la eché por los hombros. Fue entonces cuando fui consciente de su vulnerable desnudez. Aquella chica solo iba vestida con una camiseta que apenas le cubría las nalgas y unas braguitas. Observé una leve oscilación de sus pechos y no hizo falta ni un solo gesto suyo más para notar cómo mi entrepierna empezaba a endurecerse.

Tomé aire con disimulo.

—Dios mío, siéntate. Tómate tu tiempo.

Leslie aceptó la manta de buen grado, pero no dio ningún paso hacia el destartalado sillón que yo le señalaba. Parecía un poco más tranquila, ya no temblaba, pero aún me miraba con desconfianza. Era lógico. Estaba en casa de un desconocido, en mitad de la noche.

—Me llamo Billy —le dije—. Soy el guardabosques. Tranquila, conmigo estás a salvo. Te preparé algo caliente y echaremos un vistazo a esas heridas, ¿de acuerdo?

CAPÍTULO 2

L ESLIE

Billy me dio la espalda y se puso a trastear en la cocina, mientras preparaba una infusión. Intuyo que al mismo tiempo quería proporcionarme un poco de intimidad mientras yo me replegaba en el sillón y cubría un poco mi desnudez con aquella manta. La olisqueé con disimulo. Era suave, estaba limpia y olía bien. Primera sorpresa.

Primera sorpresa no, segunda. Me chocó comprobar quién era el guardabosques en aquella zona de Shernoid. Había visto a este hombre el día anterior, en el Centro de Excursionistas, y había llamado poderosamente mi atención de la misma manera que lo estaba haciendo en ese instante; en su cabaña, exhibiendo su portentosa espalda. Esta vez, desnuda. Era alto, muy alto. ¿Qué edad debía tener? ¿Treinta y dos? Era mayor que yo, sin duda. No me pareció que tuviese una de esas miradas experimentadas, ni que fuera a tratarme de manera condescendiente. Sí protectora, pero, ¿no era eso parte de su trabajo? ¿Asegurarse de que todo iba bien en los alrededores? Estaba deseando averiguarlo.

Me relajé y esperé pacientemente a que volviese a mi lado. En aquel pequeño salón, alumbrado con una lámpara de pie colocada en un rincón, no había demasiados muebles. Ni siquiera un sofá en el que tumbarse. Tan solo había una mesa con una sola silla, el sillón en el que me había acomodado y la vieja mecedora.

Billy se giró con una taza humeante en cada mano.

—Toma. Es té con leche y miel. Te sentará bien.

—Gracias.

Alcancé la taza que me ofrecía y la manta resbaló de mi regazo, dejando de nuevo mis piernas al aire.

El guardabosques acercó la silla y se sentó frente a mí. Al ver mi rodilla dejó su taza en el suelo.

—No te muevas de aquí. Voy a buscar el botiquín.

Asentí. Estaba dispuesta a dejarme cuidar.

Billy regresó al cabo un minuto con una caja metálica considerablemente grande. La abrió y sacó vendas, gasas, apósitos y alcohol.

—¿Vas a contarme qué te ha pasado? —preguntó.

Me miró fijamente a los ojos. En ningún momento había mencionado la posibilidad de ponerse una camiseta. Había abierto la puerta vestido únicamente con un pantalón de pijama que, en fin, dejaba poco a la imaginación. Pero, ¿qué puedo saber yo sobre fisiología masculina y sus imprevisibles revelaciones?

Estaba embobada admirando sus pectorales, mientras Billy volcaba la botella de alcohol en una gasa.

—Empezaré por la herida de la rodilla. Puedo hacer una cura, pero ahí veo un rasguño un poco feo. La verdad es que me quedaría más tranquilo si te llevo a Urgencias a primera hora de la mañana.

—Oh, no será necesario. Debía caerme en el sendero, eso es todo. Estaba muy oscuro.

—Claro que lo está. Son las cuatro de la madrugada.

Suspiré.

—Sí, lo sé, siento mucho este marrón.

—Esto te va a escocer un segundo.

Colocó la gasa con tanto cuidado en mi rodilla, que apenas sentí un cosquilleo. Mi piel sintió la corriente eléctrica evidente en contacto con la suya. ¿Heridas? ¿Qué heridas? Ya ni me acordaba de ellas.

Me resistía un poco a contarle la verdad de lo sucedido. No es algo de lo que me sienta especialmente orgullosa. No es una de esas anécdotas que cuentas en las cenas. No abres la boca y le confiesas a cualquier desconocido: soy sonámbula. Es un poco ridículo. A veces la gente te devuelve miradas de pura incredulidad. Pero tampoco tenía energía para elaborar una mentira creativa a esas horas.

Billy volvió a abrir la boca.

—Leslie, ayer te vi en la zona de acampada. Vi que estabas con un grupo de gente. Si alguno de esos tipos, en mitad de la noche, te ha asustado y ha hecho que salieras corriendo en dirección al bosque yo...

No. Demasiado. Lo interrumpí.

—Solo soy sonámbula.

BILLY

Creo que parpadeé más rápido de lo normal. ¿Había oído bien? Hacía ya unos minutos que prácticamente contenía la respiración, pues la creía acelerada debido al repentino contacto con su piel.

—¿Sonámbula?

—Eso es. Me desperté en medio del bosque y no supe volver al campamento. Estaba desorientada.

Contemplé cómo sus labios se arrugaban, por desgracia no para darme un beso, sino para soplar sobre la infusión.

—Pero, ¿eso es algo que te pasa a menudo?

—No, a menudo no. Me pasaba cuando era más joven.

—¿Más joven? —le pregunté. Parecía estar más cerca de los veinte que de los treinta, un pequeño detalle que hacía que me moderase aún más en su presencia.

Vendé la rodilla con cuidado. Tenía un moratón y estaba un poco inflamado, pero el rasguño no parecía muy grave.

—Debí salir de la tienda de campaña que comparto con mi amiga Rebecca y empecé a andar.

—¿Ella no se despertó?

—Lo dudo. Duerme como un tronco.

—Dios, Leslie. Podría haberte pasado algo. Hay desniveles en el bosque. Podrías haber caminado montaña arriba. Hay senderos peligrosos. ¿Puedes estirar los pies, por favor?

Ella se encogió de hombros.

—Entonces es una suerte que llegase hasta aquí —contestó.

Pasé una toalla húmeda por sus pies. Esto podría causarme un nuevo problema, porque en ese instante se manifestó mi deseo más ferviente. Daría cualquier cosa, daría un par de años de mi existencia, por poder deslizar mi lengua entre esos deditos. No lo puedo remediar. Es una de mis pequeñas perversiones, olvidadas perversiones, pues hace ya demasiado que no siento la cercanía de una mujer. Y mucho menos de una como la que tenía delante, a mi merced, en mitad de la noche.

—¿Quieres que lo haga yo? —preguntó ella.

No entendí a qué se refería hasta que no señaló sus pies magullados. No, por supuesto que no; pero tampoco podía decirle que lo que más quería en ese instante era que me permitiese cuidar de ella y atender cada una de sus heridas.

—No, no te preocupes. Descansa. Por si te lo preguntas, estoy perfectamente preparado para atender primeros auxilios. Para hacer mi trabajo hemos de saber hacer curas básicas. Por suerte no pareces tener ninguna torcedura.

—Estoy bien, Billy. El problema es que...

Permitió que colocase su pie izquierdo sobre mi regazo. Lo atendí con todo el cuidado que pude, deteniéndome en cada centímetro de piel innecesariamente, porque intuía lo que me iba a decir. Lo que recuerdo de aquellos instantes, de ese cuidado tan íntimo que procuraba para Leslie, era que no quería que amaneciese jamás.

Ella dio un sorbo del té, concediéndose unos segundos extras para meditar sus palabras.

—He de volver. Al campamento. No quiero que mis amigos se despierten y se preocupen por mí. El problema es que...

Respiró hondo. Parecía avergonzada.

—No tienes por qué preocuparte. Creo que es mejor que te quedes aquí y te acompañaré en cuanto amanezca. Cuando quieras, de hecho, y...

—Es que he venido descalza —dijo finalmente.

—Ya. Claro.

Rodeé sus pequeños pies con mis enormes manos, en un gesto demasiado cercano. Pero ella no se apartó en ningún momento, ni hizo ningún amago de estar incómoda. Al contrario. Observé cómo sus hombros se relajaban y se hundían un poco más en el sillón.

Terminé de curar aquellos pequeños cortes en la planta del pie y reparé de nuevo en la desnudez de sus piernas. *Mantén la cabeza fría, Billy Kudrup,* pensé.

—Tienes unos pies muy pequeños —fui todo lo que pude contestar—. Te prestaría algunas de mis botas, pero son gigantes en comparación, Leslie. Pero no te preocupes, puedo llevarte sobre mi espalda. El campamento está solo a cinco minutos a pie de aquí. De hecho es mala suerte que no dieras con él...

Leslie soltó una repentina carcajada.

—¿Vas a llevarme en brazos?

—¿Por qué no?

—No te ofendas, pero es un poco ridículo. Solo faltaría que mis amigos estuviesen fuera de la tienda y me viesen llegar de esa guisa. Estarían años recordándomelo. Eso si no tienen algún teléfono a mano y deciden grabar toda la escena para la posteridad...

Obviamente no podría hacer aún ese tipo de confesiones, pero me irritaba un poco la idea de aquella diosa rubia rodeada de gente mundana que pudiese encontrar cómica aquella huida nocturna.

—No te preocupes. Cuando amanezca iré al campamento y hablaré con tu amiga Rebecca. Le pediré tus zapatillas, o que venga ella misma a buscarte. ¿Eso te parecería bien?

Leslie sonrió.

—¿Aceptarías un par de calcetines al menos? El suelo de la cabaña está bastante limpio, pero podría haber alguna astilla y es mejor que esas heridas estén un poco más protegidas...

Dejó la taza en el suelo y se acercó un poco al borde del sillón, recortando nuestra cruel distancia.

—Billy, te estoy muy agradecida, de verdad. Pero no quiero causarte más molestias.

—¿Estás dormida ahora?

Se rio de nuevo. Era como una música melódica y atronadora. Me encantaba su risa.

—¿Tú qué crees?

—Nunca he conocido a alguien que camine dormido. Me parece peligroso. Solo quiero estar seguro de que eres plenamente consciente.

—De qué.

—De que estás aquí ahora. Conmigo. En mi cabaña.

Se mordió de nuevo el labio. Yo ya empezaba a caer por el precipicio. Una pendiente que llevo años evitando.

—No se me ocurre ningún sitio mejor en el que estar —contestó.

CAPÍTULO 3

LESLIE

Cuando se ofreció a llevarme hasta la cama mantuve un rápido debate interior conmigo misma. Lo que me apetecía, lo que ardía en mi interior desde que había cruzado esa puerta; y por otra parte lo que pensaba que era más correcto. Era noche cerrada y tal vez lo mejor era descansar un poco; pero Billy insistió en que ocupase su cama.

—De ninguna manera —dije—. Ya has hecho bastante. Dormiré un poco aquí mismo, en este sillón, si no te importa.

Encogí mis piernas y me envolví de nuevo en la manta. Billy no contestó. Se levantó, dejó las dos tazas vacías en el fregadero y se perdió tras una puerta. Regresó al instante con una camisa de cuadros gigante, unos calcetines gruesos y un pantalón de deporte.

—No tengo nada de tu talla —me dijo.

—Es perfecto, gracias.

—No quiero que pases frío. ¿Dormías así, en la tienda? ¿O encontraremos la ropa que te falta en alguno de los senderos?

La verdad, siempre dormía con la menor ropa posible, y más ante la proximidad del verano.

—Creo que no encontrarás por ahí ningún rastro de mi pequeña aventura nocturna.

Le sonreí. La aventura no había hecho más que empezar.

Me levanté con cuidado para ponerme el pantalón. Me quedaba enorme. Él se acercó de nuevo a la cocina, ofreciéndome de nuevo un poco de intimidad mientras me vestía con la ropa que me había traído. Lo agradecí, pues a pesar de que la luz era tenue la humedad en mis braguitas era más que evidente, al menos para mí.

Y sabía muy bien a qué se debía aquel punto oscuro y pegajoso en la tela, y el momento exacto en el que había aparecido. Fue justo cuando cerró sus manos grandes y calientes sobre mi pie derecho, mimándolo, deteniéndose innecesariamente en cada milímetro de piel. Me excité al instante.

Soy joven, pero no tan ingenua cómo puedo parecer. Fui consciente enseguida de nuestra atracción, de cómo él mantenía la mirada fija en mis ojos y en mis heridas; y en cómo afloraba su instinto de protección. ¿Aquel hombre vivía allí solo? ¿Por qué? ¿Qué le habría llevado a aceptar aquel trabajo? Era cortés y educado. Vi algunos libros sobre plantas y astronomía en una vieja estantería. ¿Qué hacía allí, apartado del mundo?

—Insisto en que duermas en la cama —dijo Billy. Su voz sonaba un poco más grave.

En aquel momento, los dos de pie de nuevo, fui consciente de sus dimensiones. Quería negarme de nuevo, por pudor y porque realmente no quería causarle más inconvenientes. Pero también sabía que no iba a poder pegar ojo en el sillón. Soy de ese tipo de personas que no puede dormir sentada. ¿Un vuelo largo? Olvídalo, soy incapaz de dormirme.

Observé la disposición de los muebles en la cabaña. Era mucho menos rústica de lo que parecía desde fuera; y había comodidades propias del mundo real. La cocina parecía nueva y a pesar de la ausencia de sofá, se veía un sitio muy acogedor.

—Está bien —contesté—. Tú ganas.

Billy sonrió. Nos separaba medio metro pero era del todo consciente del calor que emanaba de su cuerpo.

—¿Puedes caminar? Te acompaño.

Di un paso y un destello doloroso me cruzó la pierna. Era como si el cansancio me pesara el doble y las pequeñas heridas se estuviesen rebelando.

Me apoyé en su brazo, aunque él estiró el otro.

—¿Quieres que te lleve?

Creo que la sola idea de Billy llevándome en brazos hasta su desconocido colchón me aceleró el pulso. Un relámpago iluminó la habitación y sobre una de las ventanas cayeron las primeras gotas. Pensé en mis amigos, en el campamento.

—Oh, no. Rebecca y los demás se despertarán.

En ese momento, la verdad, agradecí estar a cubierto. Nunca he sido una admiradora ferviente de las acampadas. Pero desde luego, una tormenta de verano era algo con lo que habíamos contado. Las tiendas estaban preparadas para la lluvia.

La habitación donde Billy dormía era pequeña y cálida; y tenía una pequeña chimenea donde se consumían las últimas brasas. Encendió una lamparita. La cama era gigante, demasiado grande para una sola persona. De repente quería saber más sobre él, si todo aquel espacio que sobraba pertenecía a alguna otra mujer que estuviese en la ciudad en aquel momento.

Me senté en la cama. Las sábanas estaban limpias y el colchón era cómodo y mullido.

—Cambié las sábanas ayer, pero si quieres... —me dijo, como si me leyese la mente.

Hacía mucho tiempo que no me comunicaba con un hombre con la mirada.

No sé qué pasó por mi mente en esos instantes.

Simplemente, lo dije:

—Esta cama es enorme, Billy. Podemos compartirla.

BILLY

Sudores fríos. Sabía muy bien que lo que debía hacer era negarme en rotundo, dejarle espacio y privacidad, y permitirle que descansara. También llevaba varios minutos, desde que había curado sus pies, intentando negar la evidencia: quería saber todo sobre aquella misteriosa mujer rubia que había llegado hasta mí caminando de forma inconsciente.

Intenté leer cualquier intención en su propuesta, pero mi cuerpo reaccionó solo: me metí en la cama. Ella se había desplazado hacia la pared de la cabaña, el lado izquierdo de la cama. Yo me adueñé del derecho, reconociendo una nueva dureza. La dureza lógica: yo dormía siempre en el centro. Siempre solo. Desde que llegué de la ciudad.

Leslie no parecía tener sueño. O tal vez necesitaba un poco de charla para quedarse dormida. El espacio que había entre nosotros me parecía grotesco, un completo abismo, pero no me atrevía a acercarme más.

Me habló de su rutina en la ciudad, muy parecida a la que yo tenía seis meses al año. Se interesó por mi intermitente vida en los bosques de Shernoid.

—¿Cómo es? Estar aquí, rodeado de árboles.

Siempre me ha hecho gracia la mitología que se forma en la cabeza de todo el mundo, con respecto a mi modo de vida.

—Estudio a distancia —le dije—. Hace un año acepté este trabajo como guardabosques, estoy preparando mi tesis.

—¿Tu tesis? ¿De qué trata?

—Conservación de los bosques del norte. Pero Leslie... yo no soy un ermitaño. No soy como mi amigo Connor; quien vive un poco más hacia arriba, en la montaña. Él está aquí todo el año y es leñador. Yo paso todos los días por el Centro de Excursionistas y estoy en permanente contacto con gente. No quiero que pienses que...

Me callé. Leslie mantuvo los párpados cerrados un segundo más de la cuenta. Se estaba quedando dormida y yo me moría de ganas de abrazarla.

—¿Qué es lo que no quieres que piense?

—Pues eso. Que soy alguien reclusivo que no quiere contacto con nadie. Más bien al contrario.

—No podría pensar eso. No después de haber cuidado tan bien de mí.

Los meses que pasaba en la ciudad no eran precisamente monacales. Me gustan las mujeres. O me gustaban, en general, hasta que me encontré con ese ángel rubio en mitad de la noche y el resto sería para mí invisible si nos rodeasen.

—¿Qué haces cuando estás despierta, Leslie?

—Acabo de terminar la carrera de pedagogía. Seré profesora en alguna escuela, si todo va bien.

Estiró la mano bajo las sábanas y alcanzó la mía. Me enredé con sus dedos para que supiera que si se acercaba un poco más, mis brazos la recibirían, y que nada me gustaría más que dormir pegado a su cuerpo en las horas que nos quedaban. Pero serían demasiados milagros en una sola noche, ¿no?

Sus párpados volvieron a cerrarse y yo recordé sus piernas desnudas cuando abrí la puerta. No quería que acabase jamás aquella noche interminable, pero apenas quedaban un par de horas para que despuntara el sol.

—¿Puedes apagar la luz? —me preguntó con un susurro.

—No te escaparás de nuevo cuando te quedes dormida, ¿no?

—Claro que no.

CAPÍTULO 4

L ESLIE

Me despertó el calor de nuestros cuerpos; y comprobé aliviada que aún era de noche. ¿Cuánto habíamos dormido? ¿Una hora? Billy me rodeaba con sus brazos, y roncaba suavemente junto a mi oído; nuestras respiraciones estaban del todo acompasadas.

Había sido yo quien se había desplazado sobre el colchón durante la escasa hora de sueño. Había girado sobre la cama, inconsciente, hasta acomodarme bajo su pecho y debía decidir si volvía a concederle aquel espacio. Los dos estábamos en el lado derecho de la cama.

En ese momento, su brazo, que caía como un peso inerte sobre el mío, se desplazó hacia mi cintura. ¿Estaba Billy despierto?

Por los resquicios de la madera se colaban los sonidos nocturnos del bosque, alguna lechuza, algún grillo o cualquier otra bestia que rondase nuestro refugio. Escuche con atención, pero solo podía concentrarme en su respiración, que había variado ligeramente, y en aquella mano.

Deseaba con todo mi ser que despertase del letargo y empezara a acariciarme y a apretar mi carne sin remilgos. En aquella posición tan íntima era imposible que un Billy consciente no reaccionase. Me abrazaba como si llevásemos siglos juntos.

Me desplacé unos centímetros más hacia él. Noté el bulto duro en mi trasero y eso hizo que me encendiese aún más. Toqué su mano para que se activara, y entonces revisé mi propia consciencia. ¿Estaba despierta? ¿Qué pasaría si volvía a caminar dormida, si abandonaba aquella cama y me perdía de nuevo en el bosque?

Entonces la mano izquierda de Billy se desplazó unos centímetros hacia arriba y yo ya esperaba acontecimientos con una humedad cada vez más incontrolable instalada entre mis piernas. Me moví un poco. Necesitaba que supiera que estaba despierta y que ansiaba ser acariciada. Que sus dedos se perdieran ya entre mis nalgas y que penetrasen mi cuerpo. Estaba encendida y preparada para él.

Tras unos segundos en los que su mano se detuvo y ambos contuvimos la respiración, pensé que allí había acabado nuestro contacto íntimo. Pero yo ya no estaba dispuesta a regresar al campamento sin que aquel atractivo guardabosques me follase; sin que terminase de curar todas las heridas. Apreté mi espalda contra su pecho y acaricié su antebrazo. Y esa fue la luz verde que Billy necesitaba para empezar a jugar con mi pezón.

—Billy...—susurré—. ¿Estás despierto?

Él no contestó.

Volqué un poco más mi cuerpo para que pudiese acceder a ambos pechos; cosa que él hizo al instante, pero aquello no era suficiente. En absoluto. Necesitaba sus dedos entre mis piernas de inmediato. Solo tenía que alargar mi mano y empezar a acariciar su polla. Estiré las piernas y comprobé que él se había quitado el pantalón del pijama y que solo la fina tela del calzoncillo me separaba de aquella enormidad. Moví un poco el culo sobre su polla, esperando que reaccionase.

Fue entonces cuando sus dedos bajaron hasta donde yo quería y se perdieron dentro del pantalón prestado. Ninguno de los dos quería hablar, solo necesitábamos obedecer a aquella irresistible pulsión que nos quemaba.

Noté cómo sus dedos hurgaban en mis braguitas empapadas y luchaban por apartarlas de su camino. Ahí no pude seguir disimulando, abrí las piernas para facilitarle el acceso a mi intimidad mojada y en cuanto uno de sus dedos rugosos me penetró ya no pude seguir callada. Nada podía parar el sexo animal y primario que ambos necesitábamos y deseábamos. Mi parte consciente me dijo que nunca iba a volver al hombre que me había rescatado en mitad de la noche, que me había salvado de mi peligrosa inconsciencia. Podía desatarme y entregarme a un sexo sucio; que era lo único que me apetecía en aquel instante.

Gemí de puro placer con cada embestida de su dedo, de sus dos dedos, en cuanto él comprobó que aquello me estaba volviendo loca.

—¿Te gusta? —preguntó—. Lo estabas deseando, ¿verdad?

BILLY

El ángel rubio y nocturno estaba entre mis brazos, completamente entregada y excitada, con su culo pegado a mi polla, rogándome con cada poro de su piel que le diese lo que tanto ansiaba. ¿Y quién era yo para negarle nada? Yo no había conseguido dormirme en ningún momento. Estaba en guardia por si trataba de abandonarme, por si caminaba de nuevo dormida y se perdía entre los árboles.

En ese rato fantaseaba sobre cómo sería tenerla siempre a mi lado; sobre cómo aquella chica era una razón más que suficiente para volver a la ciudad. Y cuando vi el deseo que nacía de su piel; todos aquellos pensamientos se elevaron a la enésima potencia.

Poder jugar con sus generosos pechos y que ella recibiese mis caricias y mi boca fue un regalo inesperado que, por supuesto, no iba a dejar escapar. Me recreé en el tacto de su interior, en cómo su carne deseosa se cerraba alrededor de mis dos dedos, aprisionándolos. Su respiración empezaba a acelerarse demasiado pero no quería que ella llegase aún hasta el final.

—Espera. Espera, por favor —le dije en el oído.

Aún me daba la espalda, todavía no podía estudiar cada uno de sus gestos de placer. Me deshice de mis calzoncillos y bajé ansioso los pantalones que le había ofrecido. Encajé mi polla entre sus nalgas, permitiendo que creciese aún más. Saqué el dedo de su coño y lo acerqué a sus labios. Leslie no dudo ni un segundo, se lo metió en la boca y empezó a saborear sus propios jugos.

Levantó la pierna y su hueco se ensanchó, ofreciéndome pleno acceso a su interior. Aquella chica quería, necesitaba ser colmada cuanto antes. Deslizó su mano sobre mi cadera, aún sin girarse, y trató de acercarse aún más. Quería encajar conmigo.

Dirigí mi polla entre sus pliegues íntimos y la lubriqué con su pegajosa humedad. No pudo resistirse. La agarró por la base y la apuntó hacia su interior, dejándome muy claro que necesitaba ser penetrada de inmediato.

—Billy, por favor...no aguanto más. Te necesito dentro. Ahora.

Fue todo cuanto yo necesitaba oír. Ansiaba sus instrucciones. Para mí no había nada más sexy que una mujer dueña de su propio deseo. Me hundí en ella hasta el fondo y un grito se escapó de nuestras gargantas, al unísono. Fue entonces cuando Leslie se incorporó y apoyó sus manos en la pared de madera, ofreciéndome su trasero y su espalda.

Empujé las sábanas que nos tapaban y volqué mi cuerpo sobre su espalda. En comparación conmigo, era pequeña y ligera. Vi las pequeñas heridas de sus pies, de un color rojo brillante, pero que ya empezaban a cicatrizar. Quería curarla una y otra vez, y quería que se estremeciese tal y como lo estaba haciendo en ese momento al ser empalada sin ningún tipo de compasión.

Una y otra vez.

Todas las noches que nos quedasen sobre este planeta.

Cuando el calor se hizo demasiado intenso, me di cuenta de que ambos llevábamos un buen rato gritando como los animales del bosque. Nos habíamos dejado ir por completo. Me acerqué a su oído, sin apenas aliento.

—Sigue gritando, Leslie. Quiero que te oigan todas las criaturas de Shernoid cuando te corras.

Ninguno de los dos pudo aguantar mucho más. Ella echó su melena hacia atrás, empapada en sudor y yo aproveché un mejor acceso para apartar su mano del clítoris y ocuparlo con la mía. Con mis movimientos duros y acompasados, el ángel sonámbulo profirió su último grito. Me vacié entre sus nalgas y justo después se desplomó sobre el colchón, totalmente exhausta.

CAPÍTULO 5

L ESLIE

Aquello no acabó con mi grito animal. Por supuesto que no. Billy y yo vimos cómo el amanecer se colaba por la ventana empañada y no volvimos a dormirnos. No podíamos hacer otra cosa que saciarnos el uno del otro; y yo ya no podía pensar en ningún otro lugar donde estar que no fuese en aquella cama, enredada entre aquellos brazos.

En esas horas de penumbra me olvidé de mi vida real, de los amigos que había dejado en el campamento y que a lo mejor empezaban a preocuparse por mí. Tal vez me buscaban ya, y yo seguía descalza, desnuda, con la rodilla vendada; gritando por el indescriptible placer que me estaba proporcionando el hombre de la montaña.

Me dijo muchas cosas al oído entre polvo y polvo. Me dijo que ya casi no recordaba el olor y el sabor de una mujer, que a partir de ese momento no iba a poder subsistir sin aquella intimidad que habíamos creado.

También me dijo que no podía creer que aquellas confesiones estuviesen brotando de sus labios. Que nos acabábamos de encontrar, que todo había sucedido a la velocidad de la luz, pero que las cosas en Shernoid tenían su propio ritmo y su propia lógica.

¿Estaba entendiendo yo lo que quería decirme? ¿Lo creía? ¿Creía en aquel desconocido? ¿O ya no era un desconocido? Billy me reclamaba para sí. Ponía en evidencia el vínculo que existía entre nosotros y pensaba genuinamente que era indestructible.

—Voy a asegurarme de que no te volverás a poner en peligro —me dijo mientras me enterraba de nuevo bajo las sábanas—. Si te abrazo todas las noches ya no caminarás dormida.

Me derretí un poco más en ese instante, porque ningún hombre había sido jamás tan certero ni me había hablado con tanta calma y seguridad después de lo que habíamos hecho.

—¿Qué vamos a hacer, Billy? Regresamos esta tarde a la ciudad. Imagino que tú has de trabajar...

—Iré a verte, por supuesto. Solo si tú también quieres, claro. Puede ser un verano largo, pero a finales de septiembre regreso a la ciudad. Acaba mi contrato de seis meses. Normalmente solo estoy en Shernoid de abril a septiembre. Ojalá pudieses venir unos días...

¿Unas vacaciones en el bosque, con Billy? ¿Leyendo y paseando mientras él trabajaba? ¿Había un plan mejor, o estaba tejiendo una fantasía irrealizable a la velocidad de la luz?

Le sonreí. Me gustaban todas las palabras que pronunciaba.

—La cama es lo mejor de esta choza —dijo—. Esta cabaña no es digna de tu presencia. Ya has visto que ni siquiera tengo un sofá. Pero mi amigo Connor, el leñador, vive junto a una cabaña que está vacía casi todo el tiempo. Él apenas está en la suya, de hecho. Se ha construido una casa gigantesca y ahora vive allí con su novia. Esperan un bebé. Puedo hablar con el propietario y alquilar la cabaña próxima este verano, o al menos durante un tiempo.

—Suena perfecto, Billy.

Creo que ninguno de los dos podía creerse cómo nuestras ensoñaciones se convertían en planes y empezaban a encajar como un puzzle perfecto.

—Lo único que sé es que quiero conocerte más, Leslie. Esto no puede quedarse en una noche.

Me estremecí y noté cómo su pene reaccionaba de nuevo bajo mi mano. En pocos minutos nuestros cuerpos estaban de nuevo entregados el uno al otro. Y de nuevo, los gritos de desesperado deseo. Grité como nunca mientras el guardabosques me inundaba de nuevo.

Fue entonces cuando oímos los golpes. El sol ya entraba en la pequeña habitación a raudales y se esparcía sobre las sábanas blancas. Alguien llamaba a la puerta de la cabaña. Oí mi nombre pronunciado con claridad. *¿Leslie? ¡Leslie!*, sonaba entre llamada y llamada sobre la madera. Reconocí la voz de Rebecca.

—¿Son tus amigos?

Asentí, y sin embargo me veía incapaz de responder a esa llamada. Estaba de nuevo desnuda entre sus brazos. Mi melena rubia convertida en un nido y todo mi cuerpo enrojecido e impregnado del olor del sexo. Obviamente no podía salir así a encontrarme con ellos porque no quería que me viesen en aquel estado crudo y vulnerable. Le pedí con un gesto a Billy que se mantuviera en silencio.

—No estoy preparada para verlos ahora —le dije.

—Entiendo, pero...deben estar preocupados. Si quieres puedo ir yo.

Me agarré a él. Quería guardarme lo que había sucedido entre nosotros. Al menos por ahora. No habría problema si solo se tratase de Rebecca. Ella y yo teníamos una relación estrecha y de plena confianza. Mi amiga había entendido a la primera la atracción que sentí por el guardabosques el día anterior. Pero el resto… no estoy tan segura. Era un grupo con el que salíamos de vez en cuando. Siete en total. A tres de ellos no los conocía demasiado. Amigos de amigos o parejas.

Oímos cómo las voces rodeaban la cabaña. Alguien dijo: *Ese grito era suyo. Era Leslie. Estoy convencida.*

—Oh, dios.

Tierra trágame, pensé. Mi pequeña aventura nocturna estaba a punto de ser descubierta, y no me apetecía que aquello trascendiese más de lo estrictamente necesario.

Billy me besó.

—No te preocupes. En cuanto se alejen podemos salir y te acompaño hasta el campamento.

—¿Crees que podría darme una ducha primero?

Él se rio.

—¿Una ducha, Leslie? ¿No te has dado cuenta de que aquí no hay baño? Puedo darte una toalla limpia y sujetar la manguera que hay en el exterior y que conecta con el depósito de agua. Pero está fría, te lo advierto.

¿Manguera? ¿Agua fría? Y no quise preguntar para no terminar de horrorizarme, pero imaginé que allí tampoco había un retrete. Como si me leyese la mente, Billy resolvió el resto de mis dudas.

—Estamos en plena naturaleza, chica de ciudad. Puedes esconderte entre los árboles. Yo te acompaño.

—Oh, no será necesario. ¿Nos levantamos?

—¿Tienes hambre? ¿Qué te parece si preparo algo de desayuno y salimos a buscar a tus amigos? No me gustaría que se perdieran en el bosque. De hecho apuesto cualquier cosa a que pronto necesitarán al guardabosques para ayudarles a localizar a su amiga extraviada.

Al cabo de un rato nos levantamos. Deambulamos por el pequeño salón de la cabaña en silencio, como fantasmas exhaustos, incapaces de apartar las manos el uno del otro. Billy insistió en revisar el estado de mis heridas. Apenas las sentía, tenían un mucho mejor aspecto.

Hacía calor. Billy puso una cafetera en el fuego y me ofreció un pantalón corto. Cuando me estaba cambiando volvieron a llamar a la puerta. Lo miré con una expresión interrogante y me acerqué a él. De nuevo, llamaron a la puerta, tras unos instantes de silencio.

Me acerqué a él y bajé el tono de mi voz hasta convertirla casi en un susurro.

—¿Sueles recibir muchas visitas? —le pregunté.

—¿Tú qué crees? Por supuesto que no.

El rostro de Billy se había ensombrecido.

—No podemos seguir escondiéndonos, Leslie —murmuró—. Nos tomamos un café y me acerco a vuestro campamento a buscar tus zapatillas, ¿de acuerdo?

Volvieron a llamar, esta vez con más energía. Quien quiera que fuese no se iba a marchar tan fácilmente.

Entonces oímos una voz firme y desconocida al otro lado de la puerta:

—Policía, ¿puede abrir la puerta?

CAPÍTULO 6

BILLY
Leslie y yo nos acercamos a la puerta al mismo tiempo. ¿Qué demonios pasaba ahí fuera? Estiré el brazo de manera instintiva para protegerla y que se mantuviera detrás de mí. Agarré el pomo y abrí. Nos encontramos con demasiada gente. De repente una pequeña multitud era testigo del mundo que habíamos creado en pocas horas, dentro de la cabaña del guardabosques.

—¿Billy Kudrup?

Dos agentes me miraban desde el porche con cara de malas pulgas.

—Soy yo. ¿Se puede saber qué sucede?

—Buscamos a la señorita Leslie...

Una voz femenina terminó la frase a sus espaldas. Era una chica joven, una de las excursionistas que acompañaba a Leslie el día anterior.

—...Leslie Rourke.

Ella dio un paso al frente.

—Soy yo, agente. ¿Qué está pasando? ¿Rebecca, qué es todo esto?

Los policías bajaron la mirada y observaron sus rasguños y rodilla vendada. En mi cabaña no hay espejos. Leslie no había podido ver la herida que cruzaba su frente, fruto de alguna caída nocturna. Yo no le había dicho nada al respecto para que no se asustase. Incluso lastimada por las ramas y el terreno abrupto no perdía ni un ápice de su belleza.

Su amiga se adelantó y la abrazó. Al fondo, un grupo de chicos contemplaba la escena y susurraba algo que no podíamos oír.

—¿Estás bien? ¿Te ha hecho algo?

—¿Qué?

—Señor Kudrup, esperamos que tenga una buena explicación para lo sucedido. Tendremos que hablar con usted.

Leslie me miró con pinta de no entender absolutamente nada de lo que estaba sucediendo.

—Un momento, un momento. ¿Qué está pasando aquí? Billy me ha ayudado. Me perdí en el bosque en plena noche y llegué hasta aquí como pude. He pasado la noche aquí.

Rebecca la miró alucinada.

—¿Cómo que te perdiste? Leslie, hemos oído los gritos. Llevábamos un buen rato buscándote. Pensábamos que te había... secuestrado —dijo, mirándome de reojo, sin esconder cierto temor.

Ella y yo nos miramos, completamente avergonzados. Aquello no podía estar pasando. No sabía si reír y llorar, y por la reticencia de Leslie a la hora de salir al encuentro con sus amigos cuando habían llamado a la puerta por primera vez, tal vez lo mejor era no meterme en aquella conversación.

Pero mi ángel rubio empezaba a estar visiblemente cabreada.

—No me ha pasado nada, Rebs. He vuelto a caminar dormida esta noche, eso es todo.

Rebecca la miró sin poder articular palabra. Primero a ella, y después a mí, y pareció entender todo lo que había sucedido. Por qué sus heridas estaban curadas. Por qué no había regresado al campamento al amanecer. Su amiga llevaba unas zapatillas de deporte en las manos.

—Nos asustamos al ver que todas tus pertenencias estaban en la tienda y que no regresabas, incluidas las zapatillas. Eso es todo.

Leslie se las arrancó de las manos y se sentó en el primer escalón del porche para calzarse. Habían arruinado nuestro desayuno y ni siquiera íbamos a poder despedirnos debidamente.

—¿Nos asegura que está bien, entonces? —preguntó el segundo agente de policía, que se había mantenido en un discreto segundo plano.

—Todo está bien, ya se lo he dicho, agente.

Me encogí de hombros.

—Y ahora, si nos permiten...

—No tan rápido, Kudrup. Hemos de hablar con usted.

En aquel momento observé cómo Leslie se levantaba, muy enfadada, y se marchaba por el sendero en dirección al campamento.

Sus amigos salieron corriendo detrás de ella. Aquella repentina velocidad no era lo ideal para las heridas de sus pies.

Salí al porche con la taza de café entre las manos.

—¡Leslie! —grité.

Pero ya no me oía, ya se había escurrido de mi vida y había convertido la noche que habíamos pasado juntos en un recuerdo mitológico. Los agentes me miraron, perplejos. Me senté en la barandilla de madera, di un sorbo a mi café y los observé.

—No entiendo a qué viene todo esto. Creo que está muy claro lo que ha pasado.

—¿Una sonámbula? —preguntó el agente Clayton. No me había dicho su nombre, pero eso era lo que rezaba la placa clavada sobre su camisa.

—Así es. Llegó a mi casa en mitad de la noche, sobre las cuatro de la madrugada. Descalza y con heridas en las piernas. Me contó que a veces caminaba cuando dormía y que le había sucedido mientras estaba en el campamento con sus amigos. Estaba desorientada y no sabía regresar.

—De manera que usted la invitó a pasar la noche con usted.

—Exacto. Y le curé la herida de la pierna.

—Sus amigos estaban preocupados. Nos dijeron que usted observó con bastante atención a la señorita Leslie en un breve encuentro ayer en el Centro de Excursionistas. Y desde luego, todo el asunto de los gritos no ayudaba a...

Empezaba a cabrearme. Tenía que deshacerme de aquellos dos de inmediato.

—¿Usted nunca ha hecho gritar de placer a una mujer, agente Clayton? Y ahora si me disculpan, he de empezar a trabajar. Imagino que tendrán cosas importantes de las que ocuparse.

Me levanté y los dos polis parecieron, por fin, darse por aludidos. Se retiraron sin decir nada más. A toda velocidad, me di una ducha con la manguera y después me puse una camiseta y unas zapatillas de deporte. Corrí hasta el campamento donde estaban Leslie y sus amigos. Cinco minutos a paso rápido, tres corriendo.

Cuando llegué estaba desierto. Las tiendas de campaña seguían allí, pero estaban completamente vacías.

LESLIE

Rebecca y yo caminábamos unos pasos por detrás del grupo. Habían insistido en hacer una última excursión para encontrar a la Madre Sequoia de Shernoid, el árbol milenario de la región. En el Centro de Excursionistas, el día anterior, nos habían proporcionado instrucciones muy detalladas de cómo llegar hasta allí; pero la realidad era que en aquellos momentos no había nada más alejado de mi voluntad.

En primer lugar, porque aún estaba algo dolorida. No estaba segura de que una caminata de una hora; más otra de vuelta, fuese lo mejor para mis sufridos pies. En segundo lugar, porque ya no me interesaba tanto la Madre Sequoia, especialmente desde que no iba a tener el mejor guía posible. Quería visitar aquel espectáculo de la naturaleza en compañía de Billy.

Rebecca se rio de repente, como si alguna de sus atolondradas ideas le hubiese hecho gracia. Y después de lo que había pasado aquella mañana, tenía una ligera idea del motivo de su risa.

—¿No va a contarme de qué te ríes? —le pregunté.

—De todo, Leslie. Ahora estás cabreada, pero sabes muy bien que dentro de unos días nos estaremos riendo de todo este asunto y espero que por fin te dignes a contarme todo lo que ha pasado entre el guardabosques y tú.

—No sé si eres digna de esa información privilegiada.

—Oh, venga ya. ¿Cuánto tiempo hacía que no te gustaba alguien, Les? Porque cuando os he visto juntos, despeinados y con pintas de haberos pasado horas revolcándoos en la cama, me ha quedado claro que esto no ha sido una aventura pasajera. ¿O sí?

Me quedé en silencio. No esperaba escuchar aquella opinión, la verdad.

—Entonces, te gusta en serio, ¿no?

Asentí. ¿Cómo iba a negarlo? ¿Para qué iba a mentir a mi mejor amiga?

Rebecca continuó con su discurso:

—Leslie, siento mucho no haber recordado lo del sonambulismo. No se me ocurrió. Vi que tus cosas estaban allí y te esperamos un buen rato para desayunar. No conseguíamos encontrarte por ninguna parte. Siento haber interrumpido...bueno, lo que fuese que estabais haciendo.

—Un simple desayuno, Rebecca.

—No te has despedido de él.

—Lo sé.

—Ve a verlo. Ahora. Yo te cubro. Nos encontramos en un par de horas en el campamento.

—¿De verdad no te importa? —pregunté.

—Claro, tonta. Tú harías exactamente lo mismo por mí, ¿no?

Apenas habíamos ascendido por la montaña durante veinte minutos. Sin decir nada más al resto del grupo, me despedí discretamente de Rebecca y emprendí el camino de regreso. Después de dar algunas vueltas logré encontrar el sendero que llegaba hasta la cabaña de Billy. Cuando llegué llamé de nuevo a la puerta, esta vez plenamente consciente de mis actos. Sobre la barandilla de madera del porche estaba la misma taza de café vacía que él había sacado del armario esa misma mañana.

Aunque allí no había nadie.

CAPÍTULO 7

L ESLIE

—¿No podemos esperar un rato más? —pregunté.

Sheila, Max y Mila ya se habían subido en uno de los coches. Rebecca y yo esperábamos de pie junto al Toyota de Bob.

Hacía una hora que habíamos levantado el campamento, eran casi las siete de la tarde y seguía sin encontrar a Billy. Había vuelto en dos ocasiones a su cabaña mientras mis amigos iban y volvían por la ruta de la Madre Sequoia. La explicación oficial que Rebecca les había dado era que mis pobres pies aún no estaban en condiciones de soportar una caminata y que los esperaría en el campamento. Lo cual era totalmente cierto.

La cuestión era que Billy tenía que trabajar. No sabía exactamente qué tenía que hacer ese día, por dónde estaría. Y yo no estaba en las condiciones idóneas para explorar la montaña de Shernoid por mi cuenta. Había pensado en dejarle una carta manuscrita en la cabaña. Por si acaso. Pero después me negué sistemáticamente a regresar a la ciudad sin hablar con él. Aunque tuviese que quedarme sola.

No era posible.

No después de todo lo que nos habíamos dicho.

Después de lo que él me había dicho.

Esperé acontecimientos sentada sobre las raíces de una gigantesca sequoia. Mis amigos estaban de regreso, pero ni rastro de Billy. Empezamos a recoger nuestras cosas en silencio.

REBECCA SE ACERCÓ A mí. Tenía las mejillas y los hombros enrojecidos por el sol. Mi amiga no había usado suficiente protección solar; y al día siguiente probablemente lo lamentaría. Eso no le habría pasado si yo la hubiese acompañado en la excursión.

Suspiró y me miró.

—Leslie. Tenemos que irnos. Son dos horas de trayecto hasta la ciudad y Bob y yo hemos de trabajar mañana...¿Qué quieres hacer? ¿Me acerco a su cabaña? Podemos dejarle una nota y...

Yo solo tenía ganas de ponerme a llorar.

—No sé. No lo sé, Rebecca. No tengo la menor idea de dónde se ha metido.

—¿Le dijiste la hora a la que nos íbamos?

Negué con la cabeza.

—No concreté. Creo que le dije que nos íbamos a última hora de la tarde.

Rebecca miró por enésima vez su reloj de pulsera, como si ese simple gesto pudiese convencerme de que subiese al coche de una condenada vez.

—Les, no sé. ¿Ha desaparecido? ¿Todo el día? No sé qué pensar...

—Sí lo sabes, y yo también lo sé. No hace falta que me lo digas; ya me lo digo yo misma: que todo ha sido un espejismo. Que todo lo que me dijo fue producto del desenfreno del momento. Que me quede con el recuerdo de esa noche y que vuelva a la realidad. Que todo se me habrá olvidado en un par de días.

Rebecca me miró con cara de pena.

—Lo siento mucho, Leslie.

Respiré hondo. Tenía razón. Apenas habíamos estado juntos unas horas. Y ninguno de los dos podía negar que la conexión había sido intensa, pero era hora de regresar a la realidad.

—Vámonos de aquí —dije entonces—.

Abrí la puerta trasera del coche y me derrumbé sobre el asiento.

BILLY

Había bajado a toda prisa desde los Altos de Shernoid, en la cara norte de la montaña. A media mañana recibí una llamada de Connor a través de los *walkie-talkie*s que nos mantenían en contacto —la cobertura era casi inexistente allí y nuestros teléfonos móviles apenas funcionaban—. Lo único que me dijo fue lo suficientemente alarmante como para subir hasta allí y ayudarle a encontrar el bicho.

—Hay un jabalí fuera de control —me dijo—. Se ha acercado demasiado a Evie.

Su novia tenía un curioso imán para los jabalíes. Pero estaba embarazada y Connor mantenía una férrea protección a su alrededor las veinticuatro horas del día. Como debía ser.

Estuve casi todo el día con mi amigo el leñador tratando de localizar al jabalí sin éxito, y a eso de las cinco de la tarde emprendí el camino de vuelta. Lo retomaríamos al día siguiente. Pasé primero por la cabaña para cambiarme de ropa y después iría al campamento para ver a Leslie y comprobar que sus heridas seguían curándose.

La vi atada a la barandilla de madera del porche de mi cabaña. La camisa de cuadros que le había prestado la noche anterior, la misma que le había arrancado bajo las sábanas, estaba allí anudada, como la bandera que simbolizaba nuestra despedida. Me asusté. Traté de hacer memoria. ¿A qué hora había dicho que se marchaba?

Salí corriendo hasta el campamento.

Cuando llegué los dos coches ya avanzaban por la pendiente, abandonando los claros del bosque. ¿Cómo podía haber sido tan idiota? Grité desesperado.

—¡Leslie! ¡¡¡¡¡Leslie!!!!!

El coche no se detuvo. Corrí como si me fuera la vida en ello hasta que alcancé la ventanilla trasera.

La golpeé y entreví en el asiento trasero el rostro lloroso del ángel rubio. Aquello me atravesó.

—¡Para, por favor! —dijo ella.

El conductor detuvo por fin el coche. Abrí la puerta, dispuesto a todo para recuperarla.

Ella saltó a mis brazos.

—Fui a verte —me dijo—. A devolverte la camisa.

Su sonrisa triste me conmovió.

La abracé con fuerza, enterrando mi rostro en su melena.

—¿La camisa? ¿No querías despedirte de mí?

—Es que no quiero despedirme de ti, Billy.

—Ni yo. Yo tampoco, Les.

Nos besamos. Retiré las lágrimas negras de su rostro con las yemas de mis dedos.

—Entonces —le dije—, ¿crees que si vuelvo a la cabaña y recupero la camisa encontraré allí una nota con tu número de teléfono?

Leslie se rio, a pesar de las nuevas lágrimas que caían de sus ojos.

—¿Tú qué crees, Billy Kudrup?

—Solo espero que así sea. Ya sabes lo que quiero, ¿no?

—Qué.

—Abrazarte por las noches para evitar que camines dormida.

EPÍLOGO

S iete meses después...
        LESLIE

Billy aparcó el coche frente a la casa de mis padres. La nieve nos había dado un respiro; y aunque ninguno de los dos siente una especial pasión por la Navidad, yo no tenía forma alguna de librarme de la tradicional comida familiar.

Ese año, sin embargo, iba a ser muy especial, ya que era la primera vez que asistiría acompañada. Billy, mi guardabosques, iba a conocer al fin a toda mi familia, después de casi dos meses viviendo juntos.

—¿Cómo estoy? —me preguntó, mientras observaba su rostro en el espejo retrovisor.

Estaba nervioso. Dejé un momento la tarta Sacher que había comprado para mi madre en el asiento trasero y me incliné sobre él para besarlo.

—Guapísimo, como siempre. ¿Y yo?

—Tú estás espectacular.

Me llamaba "su ángel rubio" y a pesar de que a veces me reía y le decía que era un poco redundante porque todos los ángeles suelen ser rubios; lo cierto era que me encantaba. Billy me daba un golpecito en el hombro y me decía que "por supuesto que NO todos los ángeles son rubios".

Volvió a besarme, recreándose un poco más de la cuenta en mis labios y salimos del coche. Probablemente me había estropeado un poco el maquillaje, pero me daba exactamente igual. Abrimos el maletero para coger los regalos que habíamos preparado para mis dos sobrinas.

Era feliz, muy feliz. Billy había terminado por fin su tesis y empezaba en enero un nuevo empleo como profesor de Ciencias Ambientales en la Universidad. Se había concentrado al máximo durante el verano y había terminado todo su trabajo en agosto. En septiembre pasé quince días a su lado en la montaña; y él me visitaba en sus días libres. Yo estaba haciendo unos cursos de especialización de Dibujo para convertirme en profesora de Arte en una escuela.

Encontramos un apartamento perfecto a muy buen precio y no nos lo pensamos demasiado. Todo fue rápido, pero en lugar de pararme a pensar y buscar con insistencia dónde estaba el fallo del sistema, nos entregamos nuestros respectivos corazones y, por ahora, el guardabosques sigue guardando a la perfección el mío. Intacto. Espero que para siempre.

¡Ah! Y por si te lo preguntabas, no. No he vuelto a caminar dormida. Los brazos de Billy me rodean todas las noches, tal y como prometió.

FIN